小惡魔學妹
纏上了被女友劈腿的我
My coquettish junior attaches herself to me!
4
U0026159
Kadokawa Fantastic Novels

「悠、悠太
變成熟了……」
相坂禮奈
悠太的前女友。就讀悠太大學附近的女子大學，跟悠太是在那所學校的校慶上認識。
Situation 1
跟前女友重新出發。

Situation 2
在女性朋友家。
「你喜歡吃焗烤對吧？我就做那個。」
美濃彩華
跟悠太就讀同一所大學的同學，兩人從高中時代開始就是推心置腹的朋友。

羽瀨川悠太
「所以說，我們剛才只是聊到如果有個可以短時間體驗交往的對象，應該就能讓悠太明確看出他自己對於戀愛的指標了。但這不過是舉例而已。」
「這件事再跟我說得仔細一點！」
「嗯，我這就來說……」
志乃原的氣勢讓禮奈感到傷腦筋似的垂成八字眉。
在一旁看不下去的我抓住志乃原的脖子將她帶離禮奈身邊。
學妹嘟起了嘴，用埋怨的眼神看了過來。

「如何啊，學長？要不要跟我
體驗戀人生活一段時間？」
志乃原真由
跟悠太就讀同一所大學，小他一屆的學妹。個性天真爛漫，但也有著小惡魔的一面，各方面都想讓悠太動心。
Situation 3
展開體驗交往。

Situation 4
跟學妹搭摩天輪。
「這種心跳加速的感覺，是戀愛嗎？還是身體靠近異性時會產生的生理現象呢？」
「那種事——」
誰會知道？就算我有可以窺視腦內想法的能力，想解讀這件事情肯定也極為困難。
戀愛這種事只要產生了自覺就是戀愛，沒有產生自覺就不是戀愛。而且這也不算什麼定義，不過是曖昧的概念而已。
只是因為戀愛這個詞講起來好聽，才會被拿來廣泛使用。
哪有什麼可以辨明這點的行為——

「是不是只要接吻就能知道了呢？」

Short Story

問問看大家喜歡的季節

♥真由的情況……

「妳喜歡哪個季節？」

「最近夏天跟冬天都喜歡呢。」

「一般來說，被問到這種問題不是都只會做出一個回答嗎？」

「學長的常識又不等於我的常識！」

「這樣啊～」

「又、又被帶過了——！」

♥禮奈的情況……

「妳喜歡哪個季節？」

「春天吧。各種新的邂逅的季節，感覺很不錯。」

「也是。走在一整排櫻花樹下的國高中生，感覺很青春呢。讓人覺得接下來應該會遇到各式各樣的人吧。」

「對啊對啊。不過秋天有校慶之類的好像也不賴。在校慶也能——啊。」

「嗯？」

「我，喜歡秋天。」

「咦，為什麼又改了啊？」

「呵呵，不告訴你。」

♥彩華的情況……

「妳喜歡哪個季節？」

「冬天。像是牡蠣跟螃蟹之類，還有河豚料理、關東煮等等，都是正好吃的季節。」

「哦哦，聽妳這麼說來真是充滿魅力的美食陣容。」

「秋天也不錯就是了。有秋刀魚、水梨、栗子炊飯等等。」

「嗯，也是。」

「但夏天也難以取捨耶。像是西瓜、涼麵、剉冰……」

「我知道妳滿腦子都只想著吃的啦！」

小惡魔學妹纏上了被女友劈腿的我 4

My coquettish junior attaches herself to me!

御宮ゆう

插畫 えーる

Kadokawa Fantastic Novels

序章 12
第1話 重新出發的意義 14
第2話 擊掌 31
第3話 禮奈與醬油拉麵以及補償 43
第4話 現在的心情 64
第5話 體驗交往 95
第6話 葉櫻 152
第7話 洋館約會 176
第8話 我的戀愛觀～真由side～ 234
第9話 摩天輪持續迴轉下去 281
第10話 道歉～彩華side～ 305
終章 317
後記 322

My coquettish junior attaches herself to me!

序章

我滿喜歡自己的。

大多事情做起來都很得要領，當然也有不足的部分，但我相信自己有著更多優點可以補足那些地方。要是不喜歡自己，那自己也太可憐了。

所以，我以後也想繼續喜歡著自己。

但是，我唯有一個難以容忍的自卑之處。

——我不懂戀愛。

至今的人生當中，我從來沒有真正喜歡過異性。雖然有過茫然地抱持過「這個人好像滿不錯的」這樣的情愫，但那種感覺在睡了一覺醒來之後就會煙消雲散。

我對學長說，自己最後喜歡上男生是在國小的時候。所以在他面前就當作是這樣。

因為到了這個年紀，竟然都不曾認真喜歡過一個人，他一定不會相信。就算相信了，也一定會退避三舍。

喜歡、喜歡、喜歡。

直到國中為止，我都覺得心情隨著戀愛的狀況而起伏的人就像笨蛋一樣。

既然會哭成那樣，不要談戀愛不就得了。

但自從我明白那不是一般普遍的思考方式之後，我也會讓自己笑著回應朋友聊的戀愛話題，只要花點心思，這也是能辦到的事。

所以，有時會感到疲憊。

十九歲生日時，朋友們都來為我慶生。大家都為了遊動學長劈腿的事情不斷地安慰我，我卻一點也不覺得受傷。

就只有學長，很自然地接受不懂得戀愛的我。

他淡漠的語氣中，確實傳達出對我的信賴。

「我覺得學長還滿不錯的喔。」

「……妳在說什麼鬼話啊？」

學長一臉傻眼地朝我看過來，我則是開心地揚起了嘴角。

喜歡的型態，不只一種而已。

我覺得現在這樣就好了。

第1話　重新出發的意義

迎新季節差不多快結束了。

花季時盛開的櫻花樹上，到了現在也只剩下一點花瓣，相對地開始有些新的綠葉摻雜其中。

像之前那樣時而感受到涼意的次數也漸漸減少，就算是太陽剛升起不久的早晨，感覺也舒服多了。

現在的時間才早上六點多。

然而我已經從離家最近的便利商店出來，提著塑膠袋踏上歸途。

上一次這麼早就開始活動是多久之前的事情了？

直到這個時間都醒著還沒睡，倒是常有的事。

睡衣加拖鞋的打扮，可不能在有許多人出外走動的時段穿出門。能夠這樣外出，算是這個時段獨有的特權。

正前方迎面走來一個帶狗散步的老人，對方朝我點了點頭，我也稍微點頭回應。

只因為對上眼就跟一個陌生人點頭打招呼，或許也是這個時段才會有的事。

回家之後，我先將塑膠袋隨手放在玄關。

從袋子裡露出來的是幾天份的早餐。盡是甜麵包或飯糰等，可說是學生夥伴的便宜品項。

我只拿出甜麵包就走回房間。窗簾緊閉的室內還有些昏暗，但我毫不介意地拆開了甜麵包的包裝。

今天之所以早起，是因為第一堂便是很看重出席率的課。加退選期間也已經結束了，因此只要每缺席一次，想拿到學分的難度就會變得更高。

能夠輕鬆拿到學分當然最好，為防自己起不來，我設定好從該起床的一小時前，鬧鐘每隔五分鐘就會響一次，但不知為何今天鬧鐘第一次響的時候我就醒了。

「……冷冷的。」

一邊喃喃自語著，就將甜麵包塞進嘴裡。

最近的飲食變得都是以溫熱的食物為主，去便利商店的次數一口氣就減少很多。身體確實是比較健康了，但總覺得也變得無法坦率覺得甜麵包好吃。

這也讓我感到有些寂寞，但這就是所謂的奢侈吧。

一邊想著這種事，我為了讓自己完全清醒，便咬著甜麵包就打開了窗簾。

只要再看個智慧型手機的畫面，就能完全清醒了。

耀眼的朝陽讓我閉起單眼，並一邊滑起手機。

『看來你今天很早睡呢。晚安！』

這是昨天傳來的訊息。

雖然是快要換日時所傳的內容，但熟知我熬夜頻率的人，確實就會這麼說。

然而對象既不是彩華，也不是志乃原。

傳送訊息的對象，顯示出「禮奈」二字。

我一邊打開聊天畫面，便回想起上星期發生的事。

——從零開始。禮奈是這麼說的。

在那之後的這一星期，我們每天都會透過LINE聊天。雖說是每天，但也不是聊得多麼頻繁。就只是講個幾句話而已。

即使如此，我們兩人之間還是流逝著直到前陣子都還難以想像的平穩時間。

『早安。因為我今天第一堂有課。』

傳出去之後，我的手指暫停了一個瞬間。

接著又打了『難得在鬧鐘第一次響的時候就起來了』並傳出去。

禮奈深知我每天早上都會關掉鬧鐘好幾次的事情。令人意外的是，我約會的時候幾乎很少遲到，但那絕對是多虧了每隔一段時間就會響個不停的鬧鐘。

……約會啊。

曾幾何時，我們還是那樣的關係。

我久違地想抽個菸而四處張望了一下，但戒菸成功之後過了幾個月，現在家裡甚至連個空菸盒都沒有。

「……可惡。」

並非針對任何人，我這麼罵了一聲。或許是說給自己聽的吧。

跟禮奈交往的那段時間，對於當時的我來說，確實是一段幸福的時間。接受我告白的禮奈曾說「我會讓你幸福」。而且也確實如此。

破壞這一切的就是我自己。

這一星期以來，每當收到禮奈傳的LINE，我的心就會感到一陣刺痛。

我沒辦法隔著螢幕確認禮奈的表情。打出這些文字的禮奈，心裡究竟是怎麼想的呢？

說不定我本來甚至不被允許去想像這些事情。

雖說幾經波折，但我們的關係之所以可以重新開始，都是多虧禮奈有著寬大的胸懷。

但已經回不去了。我們沒辦法直接將那段時間置換到現在。

我們彼此都很清楚這一點，才總算能夠重新站上起點。

這跟志乃原或彩華之間，又是不一樣的扭曲的關係。

即使如此，事到如今我還是會想。

要是我們就那樣斷絕了關係，即使過了再久，梗在胸口的心結還是不會解開。

明明是自己選擇離開的，一旦和解就產生這樣的想法，我很明白這實在太自我中心了。

甚至連我都不禁討厭自己。

……然而——

我還是很高興，我們的關係可以重新開始。

由於抵達大學的時間還很早，此時學生都還零零散散的。

要是到了第一堂課開始前半小時，校園內就會跟平常一樣滿是學生了吧。

「學長，你是不是沒什麼精神啊？明明是睽違一星期看到我耶～」

「跟平常一樣好嗎。我早上都是這樣。」

我用平板的語氣這麼回答之後，就喝起在自動販賣機買的咖啡歐蕾。

跟我一起並肩坐在五號館二樓長椅上的是志乃原。在這所大學會用學長稱呼我的人，也就只有這個學妹了。

她穿著米色剪裁上衣，搭配華美的紅色裙子。

這樣的打扮很符合志乃原的風格，只要再過一段時間，四周的目光想必都會集中在她身上吧。這讓我很想在那之前進到教室裡。

「我知道學長早上都很沒幹勁。但你從剛才開始就完全不看著我，又是為什麼呢？」

正當我在想該怎麼回答時，志乃原就用像是想到什麼好點子似的語氣說：

「就算不是真心話也沒關係喔。」

「一大早就太有眼福的話，之後一整天都會很難熬。」

「啊哈哈，那我們一直在一起不就好了……這竟然不是你的真心話嗎！」

眼角的餘光可以看見志乃原湊了過來。

我跟不上學妹一大早就很激昂的情緒，不禁淺淺地嘆了一口氣。

「真是的，不可以一大早就嘆氣喔。明明就是睽違一星期見到我，也太奢侈了。」

「……啊——已經過一星期了啊。」

我抬頭仰望天花板，並一股勁地將身體靠在椅背上。

然而硬邦邦的長椅就像是看不慣我這副委靡的模樣，只回應了一陣疼痛的感覺給我。

「距離學長上次跟禮奈見面，已經過了一星期。我也剛好從那天之後就忙東忙西的，都沒辦法去學長家，但真沒想到這段時間你竟然完全沒有跟我聯絡！」

「妳也沒有跟我聯絡啊。妳要是傳LINE給我，我也會回好嗎。」

我用有氣無力的聲音回一句之後，志乃原便抓著我的肩膀猛力搖晃起來。

「我！是希望！學長可以主動聯絡我啊！」

「啊嗚啊嗚啊嗚……」

我的聲音隨著身體搖晃而發出來，她卻無意間鬆了手，害我差點從長椅上摔下去。

我正想向她抱怨「我是因為相信妳才隨妳搖晃身體的欸，沒人這麼過分的吧」，並抬起頭來。

但當我看到志乃原的表情，不禁就止住了嘴。

那雙眼睛當中，並沒有寄宿著戲弄我的色彩。雖然沒有要戲弄我卻害我差點跌倒這點反而更令人感到害怕，不過這樣的心情現在也必須先擱置一旁了。

「學長，你覺得怎麼樣？」

「……是要在這裡說那件事嗎？」

察覺到志乃原想問的事情，我環視了四周。然而，附近連一個人影都沒有。

或許是因為距離開始上課還有好一段時間，即使如此沒有任何人在也真是罕見。

「可以在這裡說吧。」

「……是是是。」

我不情願地點了點頭，回應志乃原的確認。

話雖如此，我本來也打算哪天志乃原來我家的時候跟她說這件事。那一天，年紀比我小的她，卻還是給了我很大的動力。

無論結果為何，我跟禮奈可以重新開始，都是多虧了這個學妹。

既然如此，要向志乃原說起整件事的始末，也沒什麼好令人擔憂的。

「……妳說得對。」

我開口這麼說，志乃原便眨了眨眼。

「我說了什麼來著？」

「妳說視情況有酌量的餘地。」

我對於自己說出口的話不禁皺起臉來。

「豈止有餘地而已。這一切的原因都出在我身上。」

我要是再多顧慮一下禮奈的心情，恐怕事情也不會發展到那個地步。要是我這顆不中用的大腦能多出一點懂得站在對方立場著想的皺褶，應該就不會產生那樣的誤解才是。

我緊咬著唇，低下頭去。

真的讓人心生厭煩。我並沒有像高中時的榊下那樣，做出刻意傷害人的事情。

我敢說自己並沒有那種不道德的想法。

但是，就結果來說我還是傷害了禮奈的話，那我不也是一丘之貉嗎？這一個星期以來，這樣的想法一直在我腦中揮之不去。

「簡單來說，就是話說得不夠清楚。」

「咦？」

我抬頭一看，只見志乃原稍微歪過了頭。

「如果話說得不夠清楚，當然會產生誤解。要是直到最後都沒把所有想法說出口，那誤解到最後一刻也是理所當然吧。」

我找不到可以反駁志乃原的話，就這麼閉上了嘴。

……就算不用多說什麼，對方也能明白我的意思。

這樣的關係就某方面來說，算是理想中的情侶。但或許那終究只是一種願望而已。這會讓某一方，又或是雙方都必須有所忍耐。

而要減少這樣忍耐的次數，就只能靠言語傳達彼此的想法。

說不定就是要像這樣一再反覆地重新建構細微的關係，最終才有辦法時而察覺對方的想法。

我跟禮奈又是如何呢？

……根本不用多想。這個現狀就是回答了。

「學長，你這一星期應該都悶悶不樂地，甚至是鬱鬱寡歡地責備著自己吧。看你的表情就知道了。」

志乃原坐在長椅上晃著腳，繼續說了下去：

「不過學長，沒有好好表達的人不只是你，禮奈也是。她應該是對此有產生自覺，所以才會想重啟跟學長之間的關係吧？」

「即使如此，促成分手契機的人還是我。」

確實志乃原說得沒錯，當時禮奈要是有吐露出自己想法的話，說不定事情就會圓滿收場了。

但做出這個契機的人無疑是我，而且我也沒將自己的想法說出口。無論如何我都沒辦法說是禮奈不對。

「那種契機想必到處都是喔。我覺得不過是這次剛好出現在學長這邊而已。」

志乃原站起身來，走到我身前。

背對著我的志乃原將手背在身後，不斷纏繞著自己的手指。

不久後，應該是思考出一個結論了，她便轉身面對我。

「這種時候就要互相幫忙，並漸漸加深彼此的關係。接著就會像是家人一樣。情侶不就是這麼一回事嗎？雖然我也不知道就是了。」

「妳也不知道喔。」

我這麼認真地聽她講，不禁彆扭地噘起了嘴。志乃原點了點頭。

「我不知道啊，我又沒有談過這麼深刻的戀愛。這只是我從戀愛節目學到煞有其事的知識，得出的個人看法而已。」

「原來如此。」

她在我家偶爾也會看戀愛節目，看樣子那節目似乎也會安排一些比較認真的特輯。

因為我對那個節目的印象是街頭訪問都有點過火，所以讓我感到滿意外的。

「所以，站在外人角度聽聞你們這些事情的我，說真的只覺得你們半斤八兩。但按照學長的個性，想必就算可以理解我的想法，也不會認同吧。」

聽了這番察覺我心中想法的話，我也點了點頭。

我不覺得志乃原的想法是這世上的一般論，但姑且也是有她的道理，所以沒辦法隨便聽聽就算了。

「既然如此，就讓我這位在這段時間跟學長相處融洽的人，來說個一兩句！」

志乃原的手扠在腰上，抬頭挺胸地說：

「現在學長能做到的補償，並不是在這邊鬱鬱寡歡。你只要像你們交往前那樣，跟她聊聊天就好了。因為現在禮奈所希望的，就是跟學長毫無嫌隙地聊天。」

雖然她講得好像很懂禮奈一樣，但這個說法也不見得有錯。

我會說不出什麼反駁，也是因為這樣。

「說穿了，我現在是很想對學長說不用去在乎禮奈的事啦，但那樣講話太不圓滑了！這種話才是要藏在心中別說出來。」

「妳剛剛已經說了喔？全都說出來了喔？」

為什麼要全都說出口啊？我總覺得之前也有這樣吐槽過她。

「還有，我要在學長說出一些話之前先下手為強。」

志乃原伸出食指，像是想到了些什麼。我則向她問道：

「什麼事啊？」

「我會毫不在乎禮奈，照常跟學長在一起。」

志乃原毫無遲疑地如此斷言。

我眨了眨眼，志乃原則是沉默地等著我做出反應。

「這是⋯⋯」

我絞盡腦汁思考到底該怎麼說才是正確答案。

總之向她道謝是最安全的吧？實際上，我最近對這個學妹懷抱的謝意越加強烈。之前還會阻止志乃原來我家，我甚至對此感到懷念。

「平常都謝謝妳了。」

「不客氣！但是學長，答錯了喔。」

揚起嘴角的志乃原，用手指在嘴邊交錯比出一個叉。

這是在去溫泉旅行時見過的相同動作。

「哪裡錯了啦。」

「我啊，是那種比起道謝，更希望對方能用態度表示的人。」

「我沒錢喔。」

我下意識這麼叮囑，這讓志乃原的臉整個皺了起來。

「你是把我當成怎樣的人了啊……而且我遠比學長還要有錢好嗎。」

「後半句話妳沒必要跟我報告，會傷到年紀比較大的男生的自尊。」

儘管還是個學生，我得說，我不想完全比不上一個年紀比自己小的女生。

但想要贏過還有美髮模特兒這份收入的志乃原，至少當我還是學生時是沒辦法的吧。

「如果你有那種自尊，也請偶爾煮飯給我吃啊。」

「沒問題，妳等著吧，我會讓妳吃到讚不絕口！」

志乃原不懷好意地帶著嘲弄我的笑這麼挑釁，我也跟著回嗆。

結果志乃原的笑容變得有些僵硬之後，就猛力地搖了搖頭。

「你說沒問題……咦？嗚……我開玩笑的，請你不要下廚！」

「妳是覺得我煮的東西會有毒還是怎樣嗎？」

我確實是過著不自己下廚，總是靠超市的現成熟食或便利商店便當填飽肚子的日子。

但那只是因為料理的過程很麻煩，如果看著簡單的食譜去做，應該也不至於端出多毀滅性的食物才對。

「我是不認為有毒，但我不想因為吃到不好吃的東西而平白攝取熱量。」

「拜託妳別說這種真的會傷人的回答好嗎！」

我還寧願聽她開玩笑地說會有毒並結束這個話題。

看來不想在家裡消耗活力就一直偷懶不做家事的結果，便是讓學妹對自己的信用跌落谷底。

當我還想繼續說下去的時候，無意間察覺四周開始傳來陣陣喧嚷。

朝附近瞥了一眼，只見有幾個學生正要走進教室。

「還真早進教室啊。」

對於我這個最快也只有在第一堂課上課前五分鐘進教室的人來說，是未知的世界。

「一般來說都是這樣喔。學長早上真的起不來耶，真想好好矯正你。」

真的有辦法矯正的話確實很想請她這麼做，但為了避免在睡夢中被狂按電鈴，我只有曖昧地點點頭以示回應。

「學長。」

「嗯？」

「我覺得學長跟禮奈分手也好。」

原本以為禮奈的話題已經默默帶過去了，這讓我一瞬間不禁語塞。

志乃原那雙大眼朝我看了過來，就像在試探著我的反應。

「……為什麼這麼說？」

「啊哈，你要追問啊？」

她看起來有些害羞地用手掌遮住嘴邊。

「都是因為學長單身感到寂寞，步履蹣跚地走在路上，我們才會相遇啊。」

我在聖誕節時期，不小心撞到穿著聖誕裝的志乃原。因為害她手中的傳單散落滿地，為了賠罪才帶她去吃個飯。

在我至今的人生當中，人際關係就只有國高中時，因為身在同一個環境裡而認識的人而已。

但志乃原不一樣。

正因為我那一天，懷著那樣的心情走在那個地方，才促成了跟志乃原交好的契機。

「不管多麼難堪，就算那是不可取的行動所產生的結果，即使因為那個結果而讓你現在這麼消沉……」

志乃原忽然朝我拋了一個媚眼。

「但你遇見我了！既然能碰上如此天大的幸運，這一切全——都是賺到啦！」

我不禁愣愣地張了嘴。

換作平常，我應該會隨便說些玩笑話，但現在我坦率地覺得志乃原說的話也有道理。

「妳還是一樣超有自信耶……」

「呵呵，請別這麼誇讚我啦。」

「我沒在誇妳啊。」

「咦——！」

對著發出抗議般聲音的志乃原，我微微揚起嘴角。

準備進教室而站起身的我，淺淺嘆了一口氣。

我該稍微向那個學妹學學呢。

志乃原說得對。現在的我，還有其他該做的事。

反省當然很重要。但那是為了下次不要再重蹈覆轍，為了迎向明天必備的東西。

與其因為一件已經結束的事而讓心情陷入陰鬱之中，更重要的是去想想接下來的未來。
我們就是為此才會重新開始。

第2話　擊掌

第一堂課開始前半小時的教室還有點冷冷清清。

即使如此還是不至於感到寂寥，是因為我很清楚接下來再過個十五分鐘，學生就會像浪潮般一波波湧入。

我對著放眼望去到處都是空位的光景心生感動，便在教室正中間的座位坐下。

雖然這個位置很難偷懶，但這是平常的我沒辦法坐到的地方。都難得早起了，偶一為之也不錯吧。

心情很好地將包包放下來之後，旁邊立刻有人向我搭話。

「悠太，我還是第一次看到你這時間出現耶。」

「嗯……唔喔！」

朝著話聲的方向看去，我的身體不禁向後靠。

帽T搭配夾克外套，做出這樣很有個性的打扮的人，是月見里那月。

面對我的反應，那月苦笑著說：「等等，這讓人很受傷耶。」

「不，就是……那個……」

下意識開口之後，卻無法將詞彙串連起來，講到最後越來越小聲。

大概是知道那月跟禮奈是從國中開始就很要好的朋友，這無論如何都讓我有些退縮。

跟禮奈之間的事情，即使在志乃原面前表現出已經接受這一切的樣子，但罪惡感果然還是沒那麼容易消失。

讓禮奈那麼難受的主因，就出自我的缺點。而她在我產生自覺之前就不斷明確地指出這點，面對這樣的人，我究竟該說什麼才好呢？

——高二那時。

對我來說，當時害得彩華那麼痛苦的榊下成了我憎恨的對象。

而我之於那月，就正是站在那樣的立場。

正因為我對此有所自覺，才沒有自信可以好好跟她說話。

「我可以坐這邊嗎？」

「我旁邊嗎？」

「不然這裡還有誰？」

那月這麼說著，在聽到我的回答之前，就在旁邊的座位坐了下來。

大大的新月形狀的耳環，在我視線的一隅閃現光輝。

「我啊，有些話想跟你說。」

那月一邊從托特包裡將大學筆記本跟書寫用具拿出來，並靜靜地低語。

有話想說。

真要說起來，我也有話想對她說。

「——對不起。是我害得禮奈那麼痛苦。」

「咦？」

那月有些驚訝地看著我。

「我的度量太小，糟蹋了禮奈的辯白。而且之所以會發生那件事，到頭來也是因為我顧慮得不夠周延。不只是禮奈……我也對妳感到很抱歉。」

「別這樣啦。」

那月直截了斷地說。

「你跟禮奈已經全都談好了吧。既然如此，也不用再顧慮我了。」

她輕聲嘆了口氣，並搖了搖頭。

「我這麼說並不是感到不開心之類的。」

「……這、這樣啊。」

除此之外我想不到還有什麼打斷我道歉的動機。

但既然她本人都這樣說了，我也只能閉上嘴。

「今天要道歉的人，是我才對。」

「妳要道歉？」

出乎意料的這番話讓我不禁反問，那月便緩緩點了點頭。

「畢竟……我也對你說了那種自以為很了不起的話。對不起，有很多事是我不好。」

就像我剛才回想起的那樣，那月真的給了我很多次忠告。她指的應該是那時候的事吧。

然而她所說的那些話都不是蠻不講理的內容，而是極為正經的意見。

我對此反而抱持感謝，並不會感到厭惡。

「那月，妳說得對，我身邊真的有很多貴人。正因為如此我才會表現出不得體的一面，現在我對此有所自覺了。妳只是替我點出了這件事而已。」

話說至此，我繼續講下去：

「有那月這樣的人在，我才能注意到很多事情，給了我很大的助益。所以今後也能請妳多多指教的話，我會很開心的。」

我身邊也有會嚴格待我的人。

他們讓我知道會對我說那些話是為我著想。

然而那月對我的言行給予忠告，是為了禮奈。

有些事情，一定是在為了他人而遭受斥責時才會注意到。

那月先是沉默地盯著我好一段時間，接著才將視線轉到黑板的方向。

「……怪人。」

「是嗎？」

「是啊。一般來說，對自己不好的人最好是不要存在比較好吧。換作是我就會這麼想。

畢竟大學也是個可以對人際關係進行取捨選擇的地方。」

「……嗯，想這麼做的話確實是可以啦。同好會也是這種感覺。」

就像那月說的，大學是個比較容易取捨選擇要跟誰交朋友的環境。

因為沒有班級跟固定教室這樣的概念，要是自己不採取行動主動建立起人際關係的話，也是會遭到孤立。

一直到高中生時期為止，一整年的時間都會跟同一群同年的人待在同樣的地方。這必然會拉近與各種性格的人之間的距離，也會提升跟他人相處的適應能力。

那是去學校上課就可以隨之學到的東西，過去的我也知道，這是出社會之後必須具備的能力。

反觀最近的我又是如何？

尤其是這一年當中，我只跟意氣相投的人一起度過這段時間。我只顧著追求輕鬆，以及讓我待起來舒坦的地方。

正因為如此，「應該要多顧慮對方」這種理所當然的思考模式也變得駑鈍。

那月說得對，我對此感到麻痺了。

我當然不覺得這就是藉口。

就算是跟我處在同樣的環境之中，在與人相處時不會忘記這種心態的大有人在。

即使如此，我還是必須承認跟禮奈之間之所以會發生這樣的事，這環境也是一個間接因素。

「或許是有必要偶爾讓自己投身於不一樣的環境之中。我覺得既滿足於現在所處的環境，還能辦到這點的人真的很厲害。像我就辦不到。」

「是嗎？」

我並沒有完全掌握那月的個性，但她甚至會來參加彩華主辦的聯誼。

再加上她參加那個戶外活動同好會，還以為她是個善於社交活動的人。

「嗯。我也是逃避了很多事情。儘管一直想著希望總有一天可以改變這樣的本性，但還是就這麼到了現在。」

「這樣啊。」

我只喃喃自語了這麼一句話，就不再開口了。

我並不是想抽離現在所處的環境。

為了自我成長，有時候或許必須改變身處的環境才行，但我很喜歡現在這樣。如果是為了保護現在這個環境，我想有所行動。

只是，我不能把現在視作理所當然。

要是沒有抱持這點想法，我往後的日子會很辛苦吧。出社會之後，應該也會遇到儘管是面對自己討厭的人，也必須面帶笑容的機會。

這樣的環境不會永遠持續下去。

頂多到我從這所大學畢業──不，說不定還會更早迎來終結。

在這狀況下，就更應該珍惜能跟那月這個會對我說些嚴厲話的人交談的時間。

跟她說了這個想法之後，那月便揚起嘴角。

「那我還有一件事想對你說，可以講嗎？」

「嗯……呃，感覺真可怕耶。但還是說吧。」

我下定決心，並一度閉上雙眼。那月接著說道：

「你要是太依賴小彩，就算重蹈覆轍也不奇怪。我覺得你們兩人之間的關係，是多虧小彩壓倒性的條件才得以維持。」

「……謝謝妳的建言。」

我跟彩華之間的關係，很難尋求他人的理解。即使如此，我還是覺得要我獨立一點的建議極為正確。

那月見我這麼回應，便傻眼地笑著說「竟因為這樣向我道謝喔」。

「一般來說，聽我剛才那樣講，都會覺得不高興吧。禮奈說不定也是受到你這種奇怪的地方吸引。」

「哪裡奇怪了？」

「就是字面上的意思，你這個人有點怪怪的。」

「還真的是字面上的意思……」

我自認情感的起伏確實不如會加入戶外活動同好會的人那麼劇烈。

但被說是個怪人，總覺得也不想老實點頭承認。

很可惜的，就算被人說是很有個性，我也不會覺得開心。

「雖然奇怪，但不是壞人。如果悠太這樣還是個壞人，我也會對禮奈說早早放棄這種人比較好。」

聽她這麼說，我就知道禮奈已經跟她講過一星期前發生的事了。

會跟她說那件事情，可見她們真的很要好。禮奈之於那月，很像我之於彩華的關係，這點認知看來並沒有錯。

這時周遭傳來一陣嘈雜，我也從那月身上抽離了視線。

在不知不覺間，教室裡面逐漸坐滿了學生，教授也悠悠哉哉地在講台上開始做起授課準備。

「不知道妳有沒有發現，其實我滿緊張的。」

「咦，緊張？」

那月感到很意外地這麼說。

「很緊張啊。無論是誰，在跟一個不喜歡自己的人講話時都會緊張吧。」

「……我也沒有討厭你就是了。你是可以跟我聊漫畫的人，很寶貴的。」

「是喔？」

這次換我感到意外地回應。

「我以為會有很多人可以跟妳聊。」

我這麼回答她之後，那月微微地搖了搖頭。

「沒有誰會讓我覺得很想去聊的。該怎麼說呢，一想到事情可能會傳到別人耳中，我就不會想講了。我對於被人稱為『宅女』感到有點抗拒。」

那月這麼說著，就對我做出食指跟拇指之間隔了幾公分的手勢。

對我們學生來說，無論看漫畫還是動畫，在普遍認知當中都是一種興趣，不過照這樣看來，根據身處不同的交友圈，也會有完全不一樣的解讀。

像是那月跟彩華所屬的「Green」，肯定是幾乎沒有這樣的人。

我從沒想過要隱瞞自己喜歡看漫畫這點，但也是可以理解那月的心情。

「說到頭來……我還是個會在意面子的人。既然悠太想要有所改變，那我也得改變一下才行呢。」

「這樣啊。那我們加油吧。」

我伸出手掌。

那月看起來有些遲疑，但還是會意過來並笑了笑。

「嗯，加油吧。」

那月的手掌「啪」的一聲重疊了過來。

這一聲擊掌，彷彿打消了最近在我們之間流淌的那種微妙氣氛。

上課鐘聲響徹教室這一帶。

就像看準了這個時機一般，我跟那月面面相覷，不禁噴笑出聲。

——說不定總有一天，我跟那月可以成為真正的朋友。

那月不過是禮奈的朋友。

然而那並不構成我們不跟彼此聊天的理由。

大家都是某個人的朋友，也是重要的存在。
只要能將這一點銘記在心，那就夠了。

第3話　禮奈與醬油拉麵以及補償

讓人昏昏欲睡的課程結束之後，那月一邊整理著自己的東西，接著像是突然想起某件事一般對我這麼說：

「是說，她今天會來我們學校。」

聽到這句話，讓我停下了正要把筆盒收進包包的手。

「她……妳該不會是指禮奈？」

「嗯，我們中午十二點約在正門前碰面。她是來找我的，但我現在總覺得肚子開始痛了起來。」

那月一邊說著，摸了摸自己的肚子。

這句話八成是謊言，但明講出來就太不識相了。

「如果你能代替我去跟她碰個面，我會很開心吧。而且她都特地跑這一趟了，要她就這樣直接回去感覺也很過意不去。」

——怦咚。

突然間，我似乎聽見自己的心跳。

……我在緊張嗎？

雖然這個時機確實來得出乎意料，但我都不記得上一次只是要跟人見個面就感到緊張是什麼時候了。

單方面以為被劈腿的時期跟現在相比，狀況完全不一樣。

「就只有今天一天，我也不是不能把她讓給你，如何？」

那月會這麼說，也是對於之前那樣冷漠待我感到自責，並為此表達歉意的一環吧。我察覺到這點，不禁仰望天花板。

「等……等這堂課結束再說吧。」

「……才剛下課。而且禮奈是午休時間才會來喔。」

那月有些傻眼地這麼說，接著就拿出智慧型手機。

「總之就是這樣，我再跟她說一聲。」

「啊！呃，妳先等一下。」

看那月的手指就要開始滑起手機，我連忙阻止她。

那月露出一副狐疑的表情，接著開口說：

「為什麼？你很緊張嗎？」

「對，我很緊張。」

「我已經傳LINE給她了。」

「也太快了吧！」

她滑手機的速度可能連志乃原都比不上，但沒想到轉瞬間就聯絡好了。想必是原本就停留在跟禮奈聊天的畫面。

要是現在還拒絕，感覺恐怕就像是我拒絕禮奈一樣，我並不樂見事情變成這樣。

看樣子也只能做好覺悟了。

「那就改天見。我要去個廁所。」

「妳真的肚子痛喔？」

「你神經很大條耶，竟然問女生那種事情。」

那月留下這句話，就拋下我離開教室了。

我慢吞吞地整理東西，一邊自言自語。

「……這個講法也太過時了吧。」

我總覺得不知從何處聽見那月說著「要你管」的吐槽。

◇◆

一進入午休時間，要說是大學校園內最熱鬧的時段也不為過。

學生們為了吃午餐，會一口氣從好幾棟校舍當中湧現出來，說起來也是理所當然。

可以吃午餐的店家有好幾種，但我最喜歡的是學生餐廳。

能夠均衡攝取到蔬菜的餐點相當受到獨自外宿的學生歡迎，十二點多這個時段更會出現大批人潮。

但今天的我，則是走在與人潮反方向的地方。

目的地是大學正門前。

要碰面的人物是——

原本快走的腳步慢慢地、慢慢地緩了下來。

眼前看見的那個身影，刺激著我記憶中的一個小角落。

她在正門的這個地方等過我好幾次。在我們碰面之後，她的表情也和緩下來，溫柔地對我笑過好幾次。

「——啊。」

我們的視線對上了。

相坂禮奈暗灰色的頭髮隨風搖曳，一看到我現身便不禁發出一聲淺淺的驚呼。接著在做出些微猶疑的舉動之後，態度有點客氣地朝我靠了過來。

「悠太。」

「呃，嗨。」

我停下腳步，舉起單手回應她的招呼。我自己也知道這動作看起來相當僵硬。

禮奈看著我這樣的舉止，淺淺地笑了起來。

「雖然有在傳訊息聯絡，但能像這樣見面還真是開心。」

「我也是啊。」

這麼回答之後，禮奈感到意外地端詳我的反應。

「真的嗎？」

「嗯，真的。」

「你不是在配合我嗎？」

「嗯……不，我也不確定。」

腦筋轉得比平常還要慢半拍，這讓我煩躁地用手指揉了揉太陽穴。

……這究竟是怎麼了？

我不認為自己的溝通能力特別強，但至少有辦法跟不認識的人交談。

尤其最近受到周遭的影響，我甚至覺得這項能力說不定還有所提升。

但竟然會像這樣連一句機靈的話都完全想不到，是不是代表我誤會了啊？

還是說，其實能力也沒有提升多少？

眼前的是交往了一年並分手的前女友。

我自己至少知道，這並非基於戀愛層面的好感伴隨而來的緊張。

然而與此同時，這種感覺很令人懷念，也讓我覺得很不可思議。

「很久沒在這個地方跟你碰面了呢。」

「是啊。半年……左右吧。」

「已經這麼久了啊。時間過得真快呢，照這樣看來感覺轉眼間就要開始找工作了。」

「唔喔，真討厭。我還想逃避現實一陣子。」

聽我這樣講，禮奈笑著說「也是呢」並點了點頭。

雖然還是有點尷尬，但氣氛慢慢緩和下來了。

以前邂逅那時也是，就算氣氛變得尷尬，我們也不太會因此聊到一半就中斷話題。

當我們在交往時，與禮奈之間流淌的沉默，讓我覺得滿舒坦的。看樣子到了關係重新開始的現在，這點也沒有改變。

「機會難得，真想跟你一起吃個午餐。」

「妳不是來找那月的嗎？」

「那月本人都讓你來這裡了嘛。我會再跟她道謝的，沒關係。」

看來那月真的有傳訊息給禮奈。說不定當她把我丟在教室裡逕自離開之後，也有傳訊息給她。

「那……我們走吧。」

我這麼答道，便走出了校門。

走到旁邊緊鄰的馬路，就有一整排可以享用午餐的店家。那些地方的價位都比校內的餐廳要貴一點，因此平常不太會去，但今天享受一下也不為過吧。

我朝身旁看了一眼，只見禮奈也張望著四周看有沒有不錯的店家。

「要吃什麼好呢？機會難得，找間時髦一點的——」

「去吃拉麵好了。」

我伸手指著喜歡的拉麵店，卻因為意識到自己搞砸了，表情顯得有些僵硬。

當禮奈才要說挑間時髦一點的店，我卻在同時開口，而且說出了完全相反的選項。

我正想收回剛才那句話而抓了抓頭時，禮奈便揚起了一抹笑。

「嗯，我也想吃拉麵！」

「咦，真假？」

我不禁反問之後，禮奈毫無遲疑地點了點頭。

「真的啊。很久沒這樣了，我也想跟悠太一起吃。」

「……妳不是在配合我嗎？」

剛才禮奈對我說的那句話，我原封不動地回問她。

當我們還是情侶時，禮奈確實很常跟我一起去吃拉麵，但我知道她其實比較喜歡時尚又好拍照上傳社群的那種店。

這也符合她剛才脫口說出「時髦一點的——」那句話，因此改口說想吃拉麵的態度反而顯得不自然。

但與我所想的相反，禮奈立刻就走向校內最近的那間拉麵店。

「悠太，你一樣喜歡吃醬油拉麵嗎？」

「嗯，是啊。我老是吃一樣的口味。」

「呵呵。我最近也都一直在吃醬油拉麵。」

「真假？妳感覺每次都吃味噌拉麵。更何況拉麵店耶，我記得妳——」

——我記得妳只有跟我一起的時候才會去吧。

這句話差點就要脫口而出，害我連忙吞了回去。

分手之後已經過了半年。經過這麼長的時間，興趣喜好會有所改變也不奇怪，更重要的是，總不能從我口中說出還在交往時的事情吧。

話雖如此，話講到一半就閉嘴也太不自然，因此我盡可能思索可以圓場的話。

然而，禮奈卻先開口了。

「是這樣沒錯，但帶我去過那麼多次的人正是悠太啊。這害得我都不太敢量體重了。」

我差點就要再看一眼禮奈。

禮奈似乎察覺到我正想說的話，便理所當然地做出回應。她自己對此似乎不覺得有哪裡不對勁，對於我的回應也做出愣住的表情。

「……我不太會發胖，所以不太懂那種心情。」

聽我這麼說，禮奈輕聲笑了起來。

「啊——你現在跟所有女生為敵了。我可不管你喔，這就去跟那月告狀。」

「喂，快住手。那傢伙很可怕耶！」

「女生都只是在忍耐而已，內心其實也很想吃拉麵呢。所以自己一個人的時候都不太會去，但如果跟男生一起，就能給自己找藉口嘛。」

曾幾何時，她也說過一樣的話。

這麼說來，我確實很少在拉麵店看到有女性客人自己一個人來吃。

「就算看到有女生自己一個人來吃拉麵，我也不覺得怎樣啊。」

「即使像你這麼想的人占多數，但只要想到可能會有以異樣眼光看待的人混在其中，就算只有一個，女生還是會裹足不前。不過，我已經不會在意就是了呢。」

「哦，妳習慣了啊？」

「嗯，習慣了。」

禮奈微微地點了點頭。

這麼說來，我也是到了上大學之後，才有辦法自己一個人去拉麵店。我記得當初花了一點時間，才總算克服不會在乎他人的眼光。

禮奈應該也是一樣，花了點時間才習慣的吧。

當我想著這種事情時，我們已經來到最近的那間拉麵店了。

黃色的門簾隨風飄揚，立在店門口旁的看板上寫著「持學生優待券打八折」。

為此每天中午店內總是客滿，甚至還得到外面排隊才行，不過今天剛好吧檯座位還有空位的樣子。

「難得不用排隊呢。」

「對啊。我搞不好也是第一次遇到。」

在圓椅凳坐下之後，我將包包塞進置物籃裡。

自從大二的冬天之後，我就再也沒有來過這間拉麵店了。看著跟之前一樣的菜單，我懷著一股放心的感覺，向店員點了一碗醬油拉麵。

「我也是一碗醬油拉麵。」

禮奈面帶微笑地向店員點餐。應該還是學生的年輕店員，看著禮奈感覺就像看傻了似的，接著才像是回過神來轉身回到廚房。

「他應該覺得很稀奇吧。」

我咯咯笑了幾聲，禮奈便賭氣地鼓起臉頰。

「這間店也有女生來吃好嗎。沒什麼好稀奇的。」

「呃，也是啦。應該不稀奇吧。」

「那你為什麼還要笑——」

那個店員恐怕不是因為她是女生這樣的理由而看傻，而是被禮奈散發出來的氣氛給嚇到了吧。

環顧四周，確實是能看到幾個女生客人，但她們身上都沒有女大生特有的氛圍。

現在的禮奈跟我們剛認識那時相比，給人更加耀眼的感覺。淺藍色蕾絲上衣跟玫瑰金的飾品，更是襯托出她的氣質。

……淺藍色的蕾絲上衣？

「先生，不好意思。」

我注意到某件事，便將其他店員找了過來。

「可以給我一份餐巾紙嗎？」

聽我這麼要求，店員便察覺到箇中原因，並說著「請稍候！」就回到廚房裡了。

他在幾秒內回來之後，便將餐巾紙遞到我的手上。

「謝謝。」

我在道謝之後，就將折成四摺的餐巾紙攤成兩摺，並交給禮奈。

禮奈說著「給我的嗎？」並感到很驚訝的樣子。

「湯要是濺上來會弄髒吧。沾到妳漂亮的衣服就不好了。」

她好像至此才發現有這個可能性。

禮奈眨了眨眼，接著開口說：

「悠、悠太變成熟了……」

「我本來就很成熟好嗎。」

總覺得那月說著「你好意思喔」的聲音在腦中浮現，但就當作沒聽到吧。總之我從現在開始就是個成熟的大人了。

「謝謝，這讓我覺得有點感動。」

禮奈動作流暢地將餐巾紙圍在脖子上，並鬆了一口氣。

「總覺得禮奈用了餐巾紙之後，這裡好像就變得像是法式餐廳一樣。」

「呵呵，那是在誇獎嗎？」

「呃，是啦。是在誇獎。」

「真是的，為什麼講到這裡要結巴啊？」

我正想說「只是不小心說出坦率的感想而已」，但還是閉上了嘴。

都說過就戀人關係來說沒辦法再重新開始了，或許稱讚過頭也會很奇怪。

對我來說稱讚她跟恢復戀人關係是兩碼子事，兩方面都成立也並不矛盾。

但那終究只是由我的想法所得出的結論。對方，也就是禮奈會怎麼想，才是重點。

「悠太？」

禮奈這麼一問，我便猛力地搖了搖頭。

「不，沒事沒事。」

「是、是喔。」

禮奈感覺雖然有點困惑，但就在這個瞬間，拉麵送上來了。

幸好沒有演變成尷尬的氣氛，這讓我在內心鬆了一口氣，並一邊雙手合十。

——對於能讓人感到開心的事抱持著憂慮，真的是正確的事情嗎？

無意間，我腦中閃過這樣的想法，原本為了拿筷子而伸出的手也停下了動作。

我跟禮奈之間確實發生過很多事情。所以比起其他人，我會更加顧慮她也是理所當然。

即使如此，刻意不去做些明知她會感到開心的事情——這導致禮奈露出寂寞的表情，真的就是正確的選擇嗎？

「與其說是誇獎，那是我真正的感想。」

「咦？」

「我只是想說，這樣優雅的打扮很適合妳而已。」

在學生們喧鬧的店內，就只有我們兩人之間陷入一片沉默。

拉麵的熱氣飄盪在視線的一隅。

「……這會讓我更喜歡你，真的好嗎？」

禮奈這麼說完，便慌張地搖了搖頭。

「不，你還是什麼都別說了。」

「這、這樣啊。」

「嗯。我不希望悠太那樣顧慮我。既然我都這樣說了，就真的別在意。」

禮奈不慌不忙地拿出筷子之後，便跟我一樣雙手合十。

「我開動了。」

很久沒來這間店吃拉麵，也很久沒跟禮奈一起吃飯了。

本應是跟之前一樣的醬油拉麵的味道，總覺得今天好像特別濃郁。

「明知這對身體不好呢。」

禮奈就在我身邊。

儘管我們之間的關係不同以往了。但只有這段一起吃飯的時間，跟以前是一樣的。

「拉麵就是這麼好吃嘛。」

點連成線，刺激著我的記憶。

眼前的這抹微笑，從以前到現在都沒有改變。

就跟我深信自己是幸福的，深信此時是最幸福的那個時候一樣。

多少有些沉浸在這樣的情感之中，我總算吃了一口麵。

今天的味道吃起來，果然特別濃郁。

「好好吃啊～！」

走出黃色門簾來到店外之後，禮奈伸展著身體。

自晴空中灑落的陽光，將那頭暗灰色的髮絲照耀得更加明亮。

「悠太，你等一下有空嗎？」

「我今天接下來是滿堂課。」

「這樣啊，那後天呢？」

後天的課只上到第二堂。雖然不至於像彩華那樣，但我也是有拿到平均程度的學分，因此升上大三之後，一星期當中沒有哪一天是整天滿堂都必須去上課的。

後天午休之後就能回家了，這對懶散的學生來說是很開心的一天，但這星期剛好是同好會的活動日。

「後天我打算中午過後就去同好會。籃球同好會。」

「籃球啊。這麼說來，我從沒看過你打籃球的樣子呢。」

禮奈做出像在回想般的動作之後，便點了點頭。

「欸，我可以去看看嗎？」

「咦？」

我還以為她只是好奇才這麼問的，因此不禁做出呆愣的回應。

不知道禮奈是怎麼解讀這個反應，只見她慌忙地搖了搖頭。

「沒事，我說笑的。而且在那當中……應該也有人知道我的事吧。」

……她是指劈腿的事吧。

她在擔心要是自己去那裡露面，說不定會有損我的顏面。

「那是為了我嗎？」

我慎重起見這麼一問之後，禮奈眨了眨眼就表示否定。

「不是喔。」

「這樣啊。」

從她的動作跟聲音看來，我敢肯定現在這個回答並非謊言。

就像禮奈能夠察覺我想說的事情，我也能看穿禮奈的謊言。

這原因並不只是我們認識很久而已。在那一年當中，跟我一起共度最多時間的人就是禮奈。

我們一起度過的時間，就是如此緊密。

正因為如此，當我覺得自己被劈腿的時候才會那麼消沉。然而，即使理由不同，但禮奈應該也同樣感到消沉才是。

既然如此，讓人正確釐清我跟禮奈之間的關係，算是最基本該澄清的事。

「那就來吧。」

「咦？」

「跟禮奈之間的事，我會負責澄清的。雖然我不認為這樣就能算是補償，但我至少想做到這點事。」

我這麼一說，禮奈微微低下頭去。

她可能是在思考一些事情，我們就此沉默了一段時間。

終於開口說話的禮奈，聲音聽起來柔和許多。

「你這番心意讓我很開心。但如果是出自補償之類，我就不希望你這麼做。」

她平靜地說著，而我正想回覆時，禮奈先接著說了下去。

「說穿了，那也不是一場誤會。我應該有跟你說過，自己確實是劈腿了才對。結果只有悠太要做出補償，這樣很奇怪吧。」

「但促成這個起因的是──」

「這跟起因於誰沒有關係。而且，那是不行的。因為我自己都已經認同那就是劈腿了。」

「即使如此，只有一天牽了手……跟反覆好幾次直到最後，給人的印象會截然不同也是事實吧。更何況，禮奈才是誤會了。」

「咦？」

「在那個同好會當中，我只跟一個人說過劈腿這件事而已。」

在同好會中，認識禮奈的人頂多只有藤堂而已。

當初在女子大學校慶上跟禮奈見過面的學長們，全都離開同好會了。

除了藤堂之外，我沒再跟別人說過劈腿的事。

「那裡也只有一個人認識禮奈妳這號人物。所以事情沒有妳想得那麼複雜。很快就能解釋完。」

「難道是你之前偶爾會聊到的藤堂同學？」

「對。」

還在交往的那時候，我都會稍微跟她聊聊當天發生的事情，因此禮奈知道好幾個跟我有來往的人。

禮奈雖然只跟藤堂見過幾次面，但似乎有對他留下印象。

「如果只跟那個人說，他感覺就不會到處向人宣揚呢。」

「不會。那傢伙不會做那種事。」

在我的朋友當中，藤堂算是交友圈最廣的男人。

再加上他的容貌，乍看之下會誤以為他是個輕浮的男人，但這也帶來剛剛好的反差。他是少數我可以完全信任的朋友。

「……那我就不客氣囉。我一直很想去看看你平常聊天都會講到的同好會。」

「妳從來沒說過這件事耶。」

「我只是有這個想法，但沒有說出來。我覺得還是不要過度干涉悠太的圈子比較好。」

禮奈露出微笑，並接著說：

「朋友這個角色，具備很多只有朋友才有的優點。正因為明白這點，我才會覺得自己不該待在那個地方。」

……就算跟她分手了，我也該感謝她這樣的體貼吧。

偶爾可以看到有些人一旦交了男女朋友，就很少跟朋友來往。如果是那個人自己想要這麼做，就沒有任何問題，但在那當中有些人是為了顧慮戀人而導致這樣的結果。

我雖然無法理解，但那也不是什麼大問題。

我之所以沒有變成那樣，不為什麼，肯定是多虧有禮奈的體貼。

「那妳現在為什麼說出來了？」

「我想將心中的想法確實說出來。悠太，你剛才說自己是促成我們分手的原因對吧。」

禮奈換了一口氣，再次開口說：

「但我也是啊。我們有太多事情，都沒有確實說出口了。所以從今以後，我們都要把想說的話統統說出來喔。」

「——禮奈，妳真堅強啊。」

我這麼一說，禮奈的嘴角也揚起了笑。

「我已經下定決心了。分手那天……希望總有一天，無論在何種形式下，能打從心底慶幸自己有經歷過那一天就好了。」

這麼回答之後，禮奈抬頭仰望天空。

當我學著禮奈抬起頭來的瞬間，陽光穿透雲層灑落。

「悠太，你又是怎麼想的？」

我朝身旁瞥了一眼，但無法從那端正的側臉看出她現在是什麼表情。

「……我想向妳多學學。」

簡短地回答之後，我便轉過身走回大學。

我自己也覺得這真是個笨拙的回答。

不過，這就是我真正的想法。

我也要像禮奈一樣，為了連接到比過去更好的未來而採取行動才行。

身後傳來禮奈說著「再用LINE聯絡吧」的聲音，我為了蒙混過自己的思緒，而舉起手做出回應。

一邊遙想著後天的事情，我跨步邁進。

第4話　現在的心情

跟禮奈見過面之後的隔天早上。

當我醒來時，總覺得身體懶洋洋的。

一邊想著可能是氣候所致並慢吞吞地拉開窗簾之後，果不其然有雨滴打在窗戶上。

只是看了一眼就能確認外頭是黑壓壓的陰天，甚至伴隨轟隆的聲響撼動著我家。

「……還不到颱風的季節吧。」

外頭的世界誇張的程度，讓我不禁如此嘀咕了兩聲。

昨晚有用智慧型手機的應用程式確認過天氣預報，但完全沒看到任何預告說會有颱風。頂多中午前的降雨機率一直都是60％，下午之後都是放晴的圖示才對。

然而從這天空的樣子看來，實在令人難以相信幾小時後會放晴。

為了去學校上課，我大概再一個小時就必須出門，但這天氣會讓人提不起勁也是無可厚非。

大學的官網還沒出現停課的公告，但那也是早晚的事吧……就相信是這樣好了。

出社會之後，不管怎樣的天氣都會衝去公司上班，但對大學生來說，只要有發出警報之類的通常都能放假。

在所有學生當中年齡層最高的大學反而比較容易放假，說來也滿奇怪的，但那也是因為決定權都在每個學生自己的手中，想到這點倒是可以接受。

也就是說，我現在要睡回籠覺，並深信今天會停課。難堪地想著我真的有夠會對自己自圓其說，而後便鑽回被窩裡了。

就在這個瞬間，手機震動了起來。

隔著棉被都能聽見那微微的震動聲。每間隔一定的時間就會持續聽到震動的聲音，讓我得知這並非訊息，而是有人打電話過來。

——誰啊？

剛睡醒而遲鈍的腦內，緩緩地思索著。

然而，最後想到也有一直不接而導致事情變得很麻煩的風險，還是不情願地朝著手機伸手。

『不要睡！』

……看樣子是彩華打來的。

她要是從這天氣就能察覺我會採取的行動，那根本稱得上是令人恐懼的案件，但我很希望不至於這樣。

我猶豫著不知道該做何回應，最後決定裝睡。

『今天好像全校停課喔。』

「真的假的！」

『騙你的。你明明就起床了嘛。』

身體都彈起來的我，一瞬間愣愣地張著嘴，並狠狠瞪向手機。

「竟、竟敢玩弄我純真的心……」

『純真的話你就開開心心地來上課好嗎。』

「正因為純真，我才會坦率面對自己的欲望啊！」

『是是是，你好棒棒。』

「妳這傢伙——！」

這麼說著，我再次把臉埋進枕頭裡。再也沒有人可以阻止喪失希望的我入眠了。

然而我的肚子卻咕嚕嚕地唱起反調。

『……總之，你先吃早餐吧。』

「……也是。」

心懷不滿地做出回應，我便慢吞吞地坐起身體。

拿著手機下床，赤腳感受到些微的寒意。看來今天的氣溫會有點冷。

「今天也太冷了吧？」

『很冷喔。我都在想要不要開暖氣了。』

「對吧。我來開一下好了。」

打開家裡不該在這時節啟動的暖氣之後，我接著打開冰箱。

只要志乃原超過五天沒來，我的冰箱就會變成本來那種不健康的模樣。

由於每次都會被她罵：「為什麼才沒過幾天冰箱裡就全是閃電泡芙啊？」因此現在裡面放了八個在便利商店買的飯糰。

這樣應該就不會被唸了吧。

『欸，好像有發布強風警報，所以今天幾乎全都停課的樣子。』

彩華的這番發言，我只是隨便聽聽而已。

「少囉嗦。我現在要來吃巧克力碎片菠蘿麵包。」

我這麼說著，從廚房的櫃子裡抓出巧克力碎片菠蘿麵包。

並決定將飯糰留作晚餐。

『那感覺是很好吃啦。但難得有這個機會可以睡回籠覺耶？』

一直聽她說一樣的話，就算是我也能拆穿。

我以咀嚼的聲音回應彩華的玩笑話。

一點淡淡的甜味在口中擴散開來，讓我產生了一天揭開序幕的心情。

雖然鹹麵包的種類有很多，但我還是很喜歡巧克力碎片菠蘿麵包，甚至一星期會吃個兩三次。

「要是現在有杯咖啡歐蕾就更完美了～」

『去附近的便利商店買不就得了。距離你家走路兩分鐘左右的地方就有一間了吧。』

「有是有，但只要一踏出家門就會清醒，以至於沒辦法睡回籠覺。」

『不要說得好像很合理好嗎。所以說，你今天要幹嘛？』

「什麼幹嘛？」

『既然停課了，今天一整天都沒事吧。你要在家裡做什麼嗎？』

我思考了一陣子之後，這才總算得到結論。

「……妳說停課是真的喔？」

『我剛才不就說停課了。』

聽她這麼說，我連忙用手機確認大學的官網。結果還真的有停課通知，留言板都熱絡了起來。

「根本是喊狼來了的牧羊少年……」

我不禁脫口這麼說了之後，她立刻吐槽一句：『我是女人！』

雖然我講這句話並沒有那個意思，但她就算是這樣解讀也沒什麼大礙。

「總覺得一想到今天放假，要就此繼續睡下去好像有點浪費耶。不然就來打電動好了。」

多虧了在跟彩華講電話時順便吃了早餐，對我來說這一天就已經開始了。今天打工也沒有排班，是個可以盡情享受獨處時光的好機會。

我按下接著電視的遊戲機電源鍵。即使自從買了這台遊戲機之後過了好一段時間，這個啟動的音效還是會激昂起我的心情。

『你真的很叛逆耶。』

聽見彩華愕然的聲音，我的嘴角也跟著上揚。

「就算妳這樣稱讚我也沒什麼好處喔。」

『不，我完全沒有在稱讚你。』

彩華的秒答讓我笑出聲音。

聽說人類只要一笑就能減輕壓力，並間接促進身體健康，總之好處多多的樣子，或許對我而言彩華就是這樣的存在。

可以很輕鬆地相處，只是聊聊天就能感到心安。

這種話說出來會有些難為情，所以沒辦法直接對本人說，但彩華想必也有這樣的感受。

即使那看在旁人眼中，是一段扭曲的關係也一樣。

就算我們至今都覺得彼此是獨一無二的，也不曾想過那會是一種扭曲的關係。更不覺得這樣的關係會讓誰受苦。

——自己親眼所見，親自感受到的才是一切。

我跟彩華能成為好朋友，就是基於相遇當時這樣的想法，並建立起不在乎旁人眼光的關係。

當然自從升上大學之後，也會盡量不要將兩人一起去玩的事發布在社群網站上，我也自認有守住自己內心最基本的那條界線。

然而，這樣的關係無論說給誰聽，對方應該都無法理解吧。

只要沒有體驗過那段青春，就絕對沒辦法。

既然如此，這份關係——

『欸。』

「嗯？」

彩華出聲搭話中斷了我的思緒。

『放晴了。』

「怎麼可能。」

原本盯著遊戲機的視線轉向窗外一看，只見陽光照了進來。

不過，雨還在下。

「變成下小雨了呢。但風好像沒那麼強了。」

『是狐狸嫁女兒呢。』

「哦哦。也就是說今天也有人結婚是吧。」

『你的回應也太隨便了。』

說歸說，彩華講話的聲音卻很柔和。

平常會沒事就講電話，代表也能容許這種散漫的回答。正因為就算站在相反的立場也會這麼做，所以關係也才能延續下去。

『欸，今天要不要見個面？』

「咦！」

我停下了正準備要操作遊戲手把的手。

這次大概是確實不滿我做出這樣的反應，彩華說了一句『怎樣啦』。

『哎，我看今天就算了。反正你應該也想打電動吧。』

彩華很乾脆地就收回這個邀約，讓我不禁出言阻止。

「不，那就走吧。我剛才只是有點嚇到而已。」

『咦？嚇到什麼？』

「妳應該是第一次跟我說想見個面吧。平常都是先安排好某個行程，然後要我陪妳去的那種感覺。」

因為有場聯誼、因為想去新開的咖啡廳吃午餐、因為想吃飯店的自助餐、因為想去旅行──其他還有像是下課之後會合之類。

但放假時沒有什麼理由就來約我，倒是很罕見。

彩華可能對於我說的話有些自覺，她做出了不太冷靜的回應。

『不、不是──嗯。這的確很罕見……是吧。』

「妳現在有點慌張吧。」

『不。要說理由當然是有。』

「少來了啦～」

『我要掛電話了，再見。』

「咦！等一下啦，對不起！」

我嚇了一跳趕緊阻止她。

雖然我也不是時時刻刻都想講電話，但一想到家裡會突然間重回一片沉寂，就覺得那樣也滿寂寞的。

儘管電話暫時還沒掛掉，我卻自顧自地打算提升一下ＲＰＧ遊戲的等級，也更催化了寂寞的感受。

「如果是開車去兜風，我也可以考慮一下。」

『好耶。那就這麼說定了嗎？』

「等一下。」

『怎樣啦？』

雖然才剛這麼提議，但在答應邀約之前，還有幾點擔心的事。

「我們沒有車，而且還下雨。」

『去租車就好，而且雨會停。』

「妳現在只是因為說得順口才這樣回答的吧。絕對是這樣吧。」

電話的另一頭傳來彩華的笑聲。看來真的就是這樣。

『我的意思是，如果雨停了就好。但機會難得，就算下小雨也想去兜風呢。兩人一起租車也比較便宜。』

「哦，妳也滿喜歡開車的嘛。」

『是啊，滿喜歡的。但沒有喜歡到自己一個人也跑去租車就是了。而且一個人負擔租車費用真的有點貴。』

「也是呢——車子租起來也滿貴的。」

就算只租一天，那個金額也會給予學生的錢包一記痛擊。由於是以一輛車計費的，越多人一起平分就會越划算。

通常都是跟一群人出去玩，或是在旅行當地才會租車吧。

『而且，我還沒有跟你共乘過。』

「啊——對耶。自從考到駕照之後，我也只有載過爸媽而已。」

開車確實是有著機動性高的優點，但同時也有缺點，像是去玩的時候不能喝酒，而且還要花錢停車等。對學生來說，搭電車還是比較方便。

也因為這樣，我才沒跟彩華共乘一輛車過，而且要不是有這樣的機會，我們也不會說要去兜風吧。

這麼一想，我便答應了。

但我加了一樣條件。

「ＯＫ——等雨停了就會合吧。」

就算兜風這個行程再怎麼迷人，對我來說那都是晴天時的事情。我一點也不想打著方向燈兜風。

『你打開窗戶看看。』

「咦？」

『開看看啦。』

我照她說的起身之後走了過去，並朝著窗戶伸出手。

當我一打開，雨就戛然而止。

「……妳用了什麼魔法？」

『現在就會放晴了！』

「已經放晴就是了。」

聽著那像是某個巫女的台詞，我一邊苦笑著做出回應。

◇◆

大學生跟高中生的私人時間。

兩者相較之下，還是大學生比較常花錢。

要是晚上相約「去吃個飯」，高中生時代去家庭餐廳就能解決了，但成了大學生就會變成去居酒屋。

出門玩一整天的話，一萬圓就這麼飛了也不稀奇。

但拿著自己賺的錢隨自己高興去玩，也是有著高中生無法體驗到的樂趣。

話雖如此，也有只在高中那個地方才能享受到的樂趣，因此很難拿這兩者來比較。

不過，在我心中有個可以確信是大學比較有趣的部分。

交通方式。也就是可以自己開車。

駕照本身是年滿十八歲就能考取，但高三學生正值準備大考的時期，無暇顧及這件事。

因此大多數的學生都是在升上大學之後才去考駕照。

不過，幾乎可以說沒有學生擁有自己的車吧。

這時最常見的就是租車。

大概花個五千圓左右就能租個六小時，跟一起搭車的人平分下來，價格對學生的錢包來說還算溫柔了。

我是在一年多前考到駕照。

每次返鄉回老家的時候都會借爸媽的車子練習，也會跟朋友一同租車兜風，最近已經慢慢習慣了。

而且現在，我正要跟彩華一起出去兜風。

「欸，我可以問你一件事嗎？」

「嗯？」

身旁的彩華發出有些困惑的聲音。

「是你自己提議要兜風的對吧。」

「對啊。我想說偶爾這樣玩應該也不錯。」

「嗯，是啦。的確不錯。」

號誌燈轉紅之後，車子在跟前方車輛保持充分距離的地方停了下來。

接著，彩華瞇著眼朝我看過來。

「但你卻不開車喔？」

「我想說要花點時間先確認一下妳的駕駛技術！」

「我還以為你會說些再有建設性一點的話。」

彩華傻眼地這麼說。

不過明明是自己提案的卻全程都交給別人駕駛，或許確實是不太好。

「回程就交給我吧！」

「我正是這麼打算喔。雖然你的開車資歷跟我相比就跟小朋友一樣，會有點擔心就是了。」

「不不不，我們差不了多少吧。」

「是嗎？總之，我這輛車租到明天，就算不是今天還車也沒關係。」

「哦，妳有什麼計畫嗎？」

「我也還不知道要怎麼玩就是了。」

在我們這樣閒聊的時候，號誌也轉成綠燈了。像是受到前方車輛的牽引似的前進，一點一點加快了速度。

「彩華，妳是什麼時候考到駕照的啊？」

聽我這麼問，彩華做出回想般的動作。

在她開車時問了這個要思考一下的問題，讓我覺得有點過意不去，並靜待她的回答。

「應該是大一秋天吧。我跟朋友一起參加集訓班一口氣考到了。」

「哦——集訓班的期間比較短，好像也很有趣耶。」

更何況是兩星期左右的時間都跟朋友住在一起，感覺就很好玩。

我很喜歡自己獨處的時間，但不管怎麼說，還是會很在意那種活動，所以說真的我很羨慕她去參加駕照集訓班。

「你不是參加集訓班嗎？」

「我是去駕訓班上了半年。現在想想，早知道就像妳那樣一口氣上完就去考了。」

駕訓班的課程期間是固定的，不過在這段期間可以隨著自己的安排去預約學科跟實駕的課程，但前半段課程我太懶散，差點就無法畢業。

費用也要花上二十萬圓左右，我記得最後一個月還利用了等其他學生取消預約的課程，才總算是勉強考到駕照。

「既然沒辦法有計畫地安排行程，早知道你也去上集訓班就好了。」

「哎呀——那時候就沒空啊。」

「也是啦，需要一口氣空出一大段時間嘛。」

看到有行人站在馬路前，彩華便暫時停車讓行人通過。

「是說，我現在只是隨便開而已，你有決定好目的地了嗎？」

「現在開始想就能決定了。」

「我就知道。不然來我家好了？」

「咦？抱歉。」

彩華的臉色比平常還要冷淡，因此我戒慎恐懼地試探著回應。

讓車子繼續前進的彩華，可能是注意到我的視線便朝我這邊瞥了一眼。

「沒事，我沒有生氣。只是問你要不要來我家而已。」

「喔喔，那就好。」

我還以為她說這句話有著「要是再瞎扯下去就回家」這種牽制我的意思。

但仔細想想如果是彩華，就不會用那種迂迴的說話方式，而是直接對我那麼說吧。

感到放心之後，我眺望著車窗外的景色。

看起來跟在人行道上所見的街景截然不同的那種感動還記憶猶新。

我第一次開車時——

「——咦？妳家？」

我驚訝地忍不住再次看向彩華。

高中生時期我也有去過彩華家。

但那是她的老家，要踏入她自己外宿的家又是另一回事了。

為此我懷著有些緊張的心情踏入玄關，然而接著脫口而出的卻是憤恨的話。

「太、太不公平了！」

「哇啊，嚇我一跳！你在鬼叫什麼啊！」

彩華從我背後狠狠打了一下，催促著要我趕緊進去家裡。

轉瞬間我就忘了背上傳來的疼痛感，並踏入客廳。

沒錯，她家有「客廳」。

「竟然是一房兩廳還有廚房，也太令人羨慕……而且比我家大上一倍有吧。」

「這也沒什麼了不起的吧。為了買齊家具要多花上一筆錢，有段時間我可是非常努力地打工耶。」

「就算扣掉辛苦的這一面，我還是很羨慕啊。天啊～～好想搬來這裡住～～」

白色的木質地板，加上淺藍色的窗簾及地毯。

放在客廳角落的觀葉植物也跟窗簾的配色很相襯，玻璃桌上還放著沙漏。

東西不但很多，種類也都各有不同，但不知為何可以讓人感受到一致性的室內裝潢，散發出時尚的氛圍。

「我也想把家裡裝潢得這麼漂亮。」

我本來覺得家只要可以正常生活就夠了，沒想到跟同年的人會有這麼大的差距，讓我感到有些坐立難安。

「你沒辦法啦。」

「這樣說太過分了吧！」

「不，是真的啦。我爸媽有幫我出一半的房租，所以輕鬆了不少，但即使如此我一星期還是要打工四天才能維持這個生活。你一星期沒辦法工作三天以上吧。」

「……勉強可以啊！」

「是是是，你就在沙發上坐一下吧。」

彩華這麼敷衍過去之後，就走向廚房。

我還無法釋懷地看著她的背影，這時彩華從小櫃子當中拿出了圍裙。

我在自己家裡也看過好幾次別人綁上圍裙的動作，但今天地點跟對象都不一樣。

自從高中的家教課之後，我就再也沒看過彩華穿圍裙的樣子。

「咦，什麼？真假？」

儘管可以推測出她接下來要做的事，我還是不禁脫口這麼問。

彩華咬著準備拿來綁頭髮的髮圈，就轉身朝我看了過來。

一對上眼，彩華便惡作劇般地揚起嘴角。

「嘻嘻！」

——天啊。

在可愛之中還帶點性感的動作，讓我不禁朝另一邊撇過頭。

「你就在那邊等一下吧。」

綁完頭髮的彩華一邊翻找著冰箱這麼說。

裡面似乎有之前就買回來囤著的食材，只見她動作俐落地紛紛拿到流理台放著。

她究竟是為什麼要突然做這種事？

「我有替妳做了什麼好事嗎？」

「沒有啊。只是剛好一時興起，何況今天也是我約你來的。」

很乾脆地回答了我的問題之後，彩華在平底鍋上放了一塊奶油。

如果只是答應她的邀約就能受到這種待遇，那我隨時都想飛奔過來。

當我看著彩華的背影一邊想著這種事情時，超出我理解範圍的戰事似乎就在廚房揭開序幕了。

「你喜歡吃焗烤對吧？我就做那個。」

「呃，救命啊。我要死了嗎？這是最後的晚餐嗎？」

「嗯，一般來說確實是幸運得要命呢。」

彩華若無其事地這麼說，並一步步地確實做著料理。

至今彩華做菜給我吃的次數一隻手都數得出來。而且還都是在我們念高中的時候，像是運動會時替我做了便當，或是家政課的烹飪課程之類，地點全都是在校內。

至少像這樣在自己家裡煮東西給我吃，還是頭一遭。

對校內的彩華粉絲來說，我現在應該正處於他們夢寐以求的狀況中吧。

「之前我就想要做點東西給你吃，但我們時間不是一直無法配合嗎？一度決定好的事卻又一直拖延下去，所以剛才在車上我才想說擇日不如撞日。」

「感恩戴德感激不盡。」

「你能不能再正常一點道謝啊。」

嘴上這麼說，但總覺得彩華露出了滿意的微笑。

我也為此覺得開心了起來，便將臉埋進抱枕裡。

上頭傳來一點彩華的氣味，沒想到這讓我覺得好像做了什麼壞事似的，便抽離了臉。

「你不用在意這麼多也沒關係喔。」

彩華沒有回頭就直接這麼說。

她是背後有長眼睛嗎？

「隨你高興放鬆一下吧。」

我們之間累積起來共度的時間，讓彩華說出了這樣的話。

「……喔。」

我做了個簡短的回應，並再次把臉埋進抱枕裡。

身後傳來彩華料理時的聲音，我在抱枕氣味的包覆下稍微陷入了沉思。

就算經歷過那趟溫泉旅行，我們的關係也沒有產生多大的改變。

而且，也希望接下來可以維持這樣的關係。

就算從他人角度看來是個扭曲的關係，但只要我們當事人滿足於現狀就好了。

這既是我自己做出的選擇，彩華也願意接受。

然而，我現在卻在彩華住的家裡。

至今不曾發生過，第一次碰上這樣的事。

說不定——腦海中浮現了從來沒有產生過的想法。

那是講出來會很難為情，而且也令人感到害怕的事。

——說不定彩華想改變這段關係。

她在溫泉旅館說的那句「不管做出哪個決定都沒關係」，搞不好是真心話。

……既然如此。

我很明白想要永久保存這樣舒坦的空間，只是一種天馬行空的幻想。

出社會之後也很難撥出時間，見面的次數更會驟減，精神上肯定也不會這麼悠哉。

正因為如此，我想好好珍惜現在這個瞬間的空間。

——我想看看跨越朋友這道高牆之後的景色。

從高中時的我看來，現在應該正是那樣的景色吧。

所以成為大學生的我，捫心自問。
你成為美濃彩華的摯友了。
如果還有在那「之後」的景色……
你會不會想看看呢——

「太好吃了吧。」
一入口的瞬間，我不禁發出讚嘆。
再吃一口之後，自喉嚨深處湧上了滿滿的幸福感。
彩華做的焗烤堪稱極品。
我真的不記得上一次吃到親手做的焗烤是什麼時候的事了。
從小便當裡就有焗烤料理，但那當然是冷凍食品。冷凍焗烤不但省事，而且也相當好吃，但再怎麼說也沒辦法跟彩華做的相提並論。
冷凍焗烤唯一取勝的部分，大概就是吃完之後可以確認今天的運勢吧。
又挖了一口焗烤放進嘴裡之後，我的嘴角忍不住上揚，便暫時將湯匙放回盤子上。

「呃，真的太好吃了。真想要有更多語彙來形容。」

「我也不期望你會說些什麼厲害的感想啦。」

儘管這麼說，彩華的表情看起來心情還是很好。

「如何？刮目相看了嗎？」

「對什麼刮目相看？」

我愣了一愣，這時彩華拿著湯匙的前端對著我開口說：

「你很久沒吃到我親手做的料理了吧。」

我剛才也回想了這件事，確實打從高中之後就沒吃過彩華做的料理了。

而且這也是第一次吃到這麼多彩華剛做好的菜餚。

但我不記得自己有小看過她。

高中的時候她從便當裡分給我的配菜也很好吃，家政課上彩華負責煮的馬鈴薯燉肉更是男生們都搶著吃。

「我一開始就超期待的，但這好吃到跨越了那道高牆。」

聽我這麼回應，彩華瞇著眼朝我瞪了過來。

「完美到無從吐槽的回應聽了就讓人火大耶。」

「這樣講也太沒道理了吧？」

彩華手中的湯匙像是不知道要擺向哪裡似的，在我眼前晃來晃去之後，這才挖了一口自己的那份焗烤。

在嘴裡嚼了嚼，彩華滿意地點了點頭。

「嗯、嗯，好啦。是做得滿好吃的。」

「這是做得很成功的嗎？」

「畢竟是從白醬開始做起，是我喜歡的口味呢。看來也合你的胃口，太好了。」

我想起一開始的時候，彩華在平底鍋中放了一塊奶油。

在那之後好像還加了什麼東西進去，原來是在做白醬啊。

這是我無法理解的領域，說真的，我完全不知道她當時究竟在做些什麼。

「真是講究啊。」

「那當然。我想讓你吃吃好吃的東西嘛。」

聽彩華這麼說，我的湯匙也在盤子上停了下來。

一時抽回了正要將焗烤送進嘴裡的湯匙，我認真地緊盯著彩華看。

彩華發現我這樣的反應，或許是回想了自己的發言並眨了幾次眼睛之後，只見她的臉頰有些泛紅。

「我可沒有其他意思喔。」

「沒有嗎？」

「沒、沒有啊。」

「什麼嘛。我還以為妳是刻意這樣講的。」

「……保險起見還是問一下，我幹嘛要刻意這樣講？」

彩華露出難以言喻的表情向我這麼問。

我一邊享用焗烤，一邊向她答道：

「想讓你『吃吃』好吃的東西，我以為妳是想講疊字嬰兒用語。」

「……怎麼可能啊，笨蛋！」

「我的蝦子！」

彩華把我留在盤子上的蝦子全都搶走，就開始用連志乃原都會嚇一跳的速度吃了起來。

我不知道她是誤會了什麼，但看來還是不要再刺激她比較好，我緩緩地咀嚼著美食。

就算沒有蝦子，這盤焗烤還是很好吃。

濃郁的奶油風味在口中擴散開來，感覺從身體的中心整個暖了起來。

發現桌上的茶不夠了，彩華為了倒茶而走去冰箱那邊時，我趁機搶回幾隻遭到掠奪的蝦子，並立刻吃了下去。這樣就不會留下證據了。

「欸，要不要配個酒？」

「啊——好啊好啊。」

聽見我的回答，彩華點了點頭，接著就從冰箱裡拿了兩罐啤酒過來。

隨著氣泡跑出來的聲音打開拉環後，我們碰了一下彼此手中的瓶身。

「乾……」

話說到一半，我不禁閉上了嘴。

「怎麼了？」

「不能喝吧。我們今天是開車來的耶。」

彩華也像是完全沒想到這點，說著「好、好險！」就將我手中的罐裝啤酒拿走了。

「抱歉抱歉，像平常那樣聊著聊著我就完全忘了這回事。」

「可惡——好想喝啊——」

彩華準備的料理不只是自己做的焗烤而已，還有沙拉跟裝盤起來的市售生魚片等大盤配菜。

如果有酒可以配這些菜餚不知道會有多滿足，我不禁嘆息。

「下次有機會再喝吧。」

彩華這麼說，就把罐裝啤酒收回冰箱裡。

但都已經打開了，到時候彩華應該會自己一個人把啤酒喝完吧。

「下次還要等到什麼時候啊？」

我們認識這麼久，今天還是第一次踏入彩華家裡吃飯。

而且今天也是彩華一時興起才促成。

下次機會究竟什麼時候才會到來，端看彩華的心情而定。

在這種狀況下，保留到不知何時的下次，讓我「呿──」地埋怨了聲。

「只要你事先跟我聯絡好，在你方便的時候都可以啊。」

不同於我的猜測，彩華這麼說道。

「咦，隨時嗎？」

「你要事先跟我聯絡好。」

「……咦，為什麼？真的假的？」

「我才想問你為什麼要這麼懷疑好嗎？」

彩華露出苦笑，並再次坐下。

她將生魚片跟沙拉分裝在小盤子上，並放到我們各自的面前。

我一邊夾起生魚片沾點醬油，一邊回答她的問題。

「我之前一次都沒有進到妳家過，妳卻突然說隨時都可以來，當然會嚇一跳吧。但我也沒在懷疑什麼就是了。」

「不過，你現在不就來了。重要的是『現在』。你『現在』的心情是怎樣？」

「我——」

我還想再來造訪這個家。

享受了這番招待，應該沒有男人不這麼想吧。

讓我感到猶疑的是，我害怕會因為我進到家裡來，而讓我跟彩華之間的關係產生某種改變。

——我偶爾會有這樣的糾葛。

正因為滿足於現在的關係，才會抱持這種糾結。

這段關係所產生的變化，對我們來說不一定就是朝著好的方向發展。

對我來說，跟彩華之間的關係是無法跟任何東西一起放在天秤上比較的，正因為如此，才很難做出判斷。

所以無論如何，想維持現狀的念頭，還是無法從腦海中消失。

然而當我再次深思，就會覺得這樣的想法顯得有些固執。

如果我打從心底不希望跟彩華之間的關係產生任何一點改變的話，肯定也不會答應跟她去溫泉旅行了。

會答應那次的邀約，就是在我內心深處確實期待著會不會產生更好變化的最佳證據。

我不知道對彼此而言的良好關係，具體來說指的是什麼。

但是，有一點我能確信。

往後就算我選擇來彩華家玩，我也不可能對於一起共度的時間增加而覺得反感。

如此一來，要下結論也很簡單了。

彩華說得對，重要的是我現在的心情。

「那我就偶爾來吃個飯吧，請多指教。」

我想跟美濃彩華共度更多開心的時間。

在出社會之前，僅存的這段有限時間內，我想隨心所欲地度過。

這既是我現在的心情，也是我該優先的事。

「活得坦率一點比較幸福嘛。再來一盤焗烤！然後明天我想吃可樂餅！」

「那也太任性了！」

彩華啪地拍打了我的肩膀。

不同於這樣的舉動，她的表情看起來似乎比平常還要溫柔。

總覺得這時跟她對上眼會莫名害臊。為了掩飾這點，我猛吃起沙拉。

★第5話 體驗交往

籃球運球的聲音在整座體育館內回響著。打蠟的味道刺激著鼻腔，對於國高中都參加籃球社的我來說，這裡是個讓人感到很自在的地方。

今天是跟禮奈約好的，籃球同好會「start」的活動日。

我現在穿的球鞋是自己帶來最喜歡的一雙，謹慎地綁緊鞋帶。站起身來，當鞋底摩擦地板時，發出了令人覺得舒坦的聲音。

地板的狀況也很不錯。

「欸，悠。」

「怎麼了？」

我這麼回應從旁向我搭話的藤堂。

藤堂說著「還有怎麼了」，便用大拇指指向後方。只見禮奈就站在他手指示意的體育館入口處。

「我才想說你怎麼帶了那個學妹以外的女生來，那個人是你的前女友吧？」

「是啊。」

大概是對於我乾脆承認的態度感到狐疑，藤堂不禁皺起眉頭。

「你們該不會復合了吧？」

「不，並沒有。」

「那你為什麼還要帶她來？你被劈腿了吧，這也太莫名了。」

藤堂露出有些傻眼的表情。感覺就像在說「竟然把劈腿的前女友帶來，到底是在想什麼」一樣。不過，要是狀況就一如他說的那樣，我應該也會有相同的想法吧。

「以防萬一我先跟你確認一下，你應該沒向任何人說過那件事吧？」

我這麼一問，藤堂立刻回答「當然沒說」。

「大家只知道你們分手了而已。我會確實守住這方面的界線。但要是聽說悠喜歡上哪個人之類，那種事我也有可能到處宣揚就是了。」

「你的那條界線應該有點問題吧……」

聽我這麼說，藤堂不禁笑到肩膀跟著抖了起來。

雖然心裡還留點不安，但要是到了我連藤堂都無法相信的時候，就真的是無法相信任何人了。儘管是上了大學才結交的朋友，他在我的同性友人當中是最常相處在一起的人。

正因為如此，我才會想跟藤堂說清楚我跟禮奈之間的事情。

了。

要暴露出自己難堪的一面確實會讓人裹足不前，但想到這關係到替禮奈平反就不算什麼了。

「藤堂，我有些事想跟你說。」

我在藤堂身邊再次坐了下來。

朝入口處瞥了一眼，只見禮奈深感興趣地看著其他同好會成員在射籃的樣子。

——我有拜託禮奈在我將所有事都跟藤堂說完之前，先在那邊等一下。

我有跟包含彩華及藤堂在內的幾個朋友說過「分手的原因是禮奈劈腿」這件事。在這個同好會當中就只有藤堂知道，但總有一天我必須向所有人澄清才行。

禮奈說過「不用為了我這麼做也沒關係」。

因此，我接下來要採取的行動對禮奈來說只是一種自我滿足，看在她的眼中或許沒有太大的意義。

然而，這是我至少該做的決斷。

為了往後在面對禮奈時，可以不帶任何憂慮的必要條件。

所以我這樣的決斷只不過是高舉「為了禮奈」這個藉口來保護自己而已。即使如此，只要這項舉動的結果可以讓我再跟禮奈重新開始的話，自保的行為也就能賦予意義了吧。

向藤堂坦言這一切，就是這項決斷的第一步。

我下定決心之後平靜下來，接著吸進了一大口氣。

「我之前跟你說，我被女朋友劈腿了對吧。」

我向一臉費解的藤堂娓娓道來。

回想起去年發生的每一件事情，也帶著自我反省的意思，我花了點時間仔細述說。

一開始藤堂還只是用輕鬆的態度聽我說，但他的表情也漸漸認真了起來。

藤堂是個對女朋友很專情的男人。這次的事情說不定會讓他瞧不起我。以藤堂的個性來說，應該不至於改變他表面上跟我相處的態度，但就不知道他內心會怎麼想了。

開始說起這件事之後，我才發現這有可能導致一個知心的朋友跟我漸行漸遠，但我也沒辦法說到一半就中斷。

幾分鐘後，我總算道出一切。

唯獨沒有明言提到彩華的名字，但藤堂說不定也猜得出來。

而且實際上只是我欠缺思慮，彩華本身也沒有錯。但能正確理解這一點的人，恐怕就只有我而已了。畢竟我跟彩華之間的關係，就只有我們當事人才清楚。

就連藤堂也無從得知我跟彩華為什麼會建立起跟他人劃出一線之隔的關係。

正因為我們共度了高二時的那個空間、那段時間，才會有現在這樣的關係，但這肯定很難只用言語去形容就能博得讓他人的理解。

關於這點，我跟彩華都有所自覺。

我認為正因為如此，彩華才會因為禮奈這件事而重新思考跟我之間的關係，這也讓我覺得有些不太自在。

但在電話中跟她說過禮奈的事情之後，彩華也是一如往常地跟我相處。

這多少讓我鬆了一口氣。

即使這在他人眼中可能是一段扭曲的關係，但對我來說是無可取代的事物。

話雖如此，這件事跟我面對禮奈時採取的行動完全是兩碼子事。

對於自己想得不夠多所招致的現實，我現在必須堂堂正正地面對才行。

為此，向藤堂全盤托出就是我要踏出的第一步，然而在我傾訴的期間，他一語不發。

——想必是瞧不起我了吧。

當我自己說起這件事，覺得越聽越過分的感受就更加強烈。

藤堂想必也是想破頭也不知道該答覆些什麼才好。

我一直等著他做出反應，不久後，藤堂總算重重地嘆了一口氣。

「…………真的是幸好我沒有跟其他人說過這件事。」

「……抱歉。還讓你費心顧慮這麼多。」

藤堂也跟彩華一樣，至少在我剛分手的時候，都為我顧慮了很多。但那是因為牽扯到被劈腿這番特殊的狀況。如果只是單純分手了，藤堂應該也不會太過顧慮我的心情才是。

更何況彩華多加顧慮之後的結果是一笑置之，藤堂則是戲弄我一番，總之都不是常人會採取的行動就是了。

藤堂似乎也想到了同一件事，便笑著說「我只是在鬧你而已啦」。

「不過，禮奈倒是滿可憐的。」

聽藤堂這麼說，我也搖了搖頭。

「我真的覺得很對不起她……你要是也因為這件事而瞧不起我，那也無可厚非。」

我說話的語氣也沉了下來，但沒想到藤堂卻輕聲笑了起來。

「不。說穿了，我也能理解你的舉動。我也有過因為將所有開心的事情都逐一跟女朋友分享，結果不知不覺間惹得對方生氣的經驗。」

「你也是？」

他給人的印象很體貼，這讓我感到有些意外。

雖然這個同好會也有很多新生加入，但這是在藤堂擔任代表之後，我們才能在為數眾多的籃球同好會當中招募到這麼多人。

不管跟誰都可以沒有隔閡地歡談，無論學長姊還是學弟妹，不分男女，大家對他的評價都很好。

撇開因為是朋友就特別偏袒這點，在同年的人當中，像藤堂這樣具備許多值得尊敬的特質的人，真的很罕見。

一想到這樣的藤堂也曾有過跟我同樣的失敗經驗，就讓我不禁莞爾一笑。

「……原來你也會這樣失言啊。」

「笨蛋，當然會啊。我是在很早的時候就反覆經歷這些失敗的經驗，才會跟現在的女朋友交往得這麼順利。之前的女朋友也是因為這樣吵了起來，然後就被對方甩了。」

「是喔。我還以為你在那方面的體貼是與生俱來的耶。」

我開玩笑說道。藤堂也揚起嘴角回應：「哈哈，怎麼可能。」

「先嘗過大家都會經歷的失敗之後，當大家失敗時就能保持從容了。悠，你對我抱持的印象，不過就是其結果而已。這樣還滿吃香的喔。」

不知為何，這句話聽起來特別有分量。應該是因為這並非借鏡於他人，而是藤堂自己實際經歷過一些事情之後所得到的結論吧。

除了戀愛之外，這番感覺可以運用在各種情境上的理論，也讓我完全接受了。

「很常聽到什麼大人的從容。但那應該是事先經歷過失敗，才有辦法展現出來的吧。」

我這麼說著，便站起身來。

失敗為成功之母。

如果我跟禮奈之間發生的事情算是一種失敗，說不定往後終究會有以那次經驗為基礎並進一步活用的瞬間。

我不知道那會是半年後、一年後，還是更久以後的事。

但只要我沒忘記跟禮奈之間的事，那個瞬間就一定會到來。

「真不知道到時候你的對象會是誰呢。」

藤堂這麼說著，便揚起一抹竊笑。

我只花了轉瞬即逝的時間去思考這件事情，隨後就放棄了。

「搞不好是你喔。」

「拜託不要。」

我對依然坐著卻往後退開的藤堂輕聲笑了笑，而後朝禮奈的方向走了過去。

禮奈從入口處那邊謹慎地看了過來，而我也跟她對上了視線。

我全都向藤堂坦言了。

——如此一來，我應該就能更不帶憂慮地跟禮奈聊天了吧。

這個答案一定很快就能知道。

恐怕就連我們再次重新開始，這個決定是好是壞也是如此。

我朝著禮奈高舉起手，向她示意我已經跟藤堂談完了。

「悠太！」

伴隨著這道呼喊，橘色的球體收進我的掌心。我一朝籃框看去，便知道這裡距離太遠，還不是可以挑戰射籃的位置。

前方有兩個對手防守。

一個人很快就阻擋了傳球的路線，我在內心嘖了一聲之後，一邊尋找其他傳球路線。其他隊員都各有對手盯得緊緊的，讓我找不到可以傳球的對象。

「你自己上！」

場上傳來某個人焦躁的呼喊聲。

像是要呼應那道聲音一般，我用一隻腳支撐住身體轉移重心。對方也很快地做出應對，為了阻擋我的去路，整個人切了過來。

——就是這裡。

我讓身體轉向後方，比防守的人更向前探出半個身體並展開進攻。

視野拓展開來之後，藤堂就在眼前。

當我為了傳球而伸出雙手時，總覺得藤堂露出了嚴厲的表情。

「……我知道了啦。」

我持續運球，並橫向跳起硬是甩開掩護防守，並在落地前射籃。

打到籃板反彈的球，就這麼直接落進籃框之中。

「你明明就能做到那種動作，為什麼每次都老是想著要傳球啊？」

藤堂這麼說著，敲了一下我的肩膀。

身體承受了跳動帶來的負擔，不禁刺痛了一下。

「傳球也是一招漂亮的團隊合作吧。」

「當然是。但如果你心裡只有傳球這個選項，那又是另一回事了。」

藤堂捏扁了喝光的寶特瓶，並皺起眉頭。

「悠，你那種不想因為自己而分出勝負的想法，比賽中都表現出來了。」

「好刺耳啊好刺耳。」

我猛搖著頭，試著遠離藤堂的聲音。藤堂的籃球打得很好。

或許正因為這樣，他常會在比賽結束之後給我一些建議。但都不是針對技術，主要是精神層面的意見。

之前跟志乃原一起來的時候，他才說過「把球傳出去也是一件很了不起的事」，但今天的主張似乎是完全相反。

「但我最後還是有射籃啊。」

由於當時的狀況，選擇個人表現比較能確實得分，因此我還是勉強有辦法做到。許久沒有感受到盡全力甩開防守的那種昂揚感，至今還在內心深處翻騰。

「也是，只要是不得不去做的情況下，你還是會做出決斷。面對任何事情都是如此。」

「你是想說什麼啊？我真的不懂。」

「哈哈，抱歉。總之最後那球真是打得好。」

伴隨著開朗的笑聲，他朝我遞出手掌，我們便輕輕擊掌了一下。

這時，上方傳來一道柔和的聲音。

「悠太，你表現得很帥氣喔。」

禮奈這麼說著，朝我遞來一瓶運動飲料。

「謝啦。」

將藤堂請我喝的茶放到一邊，我心懷感激地收下禮奈給的飲料。藤堂也沒有責怪我這樣的舉動，而是朝著禮奈開口：

「相坂同學，妳是第一次看悠打籃球嗎？」

「嗯，第一次。悠太從來不會說起籃球的話題。」

禮奈一邊回想著我們還在交往時的事情這麼答道。

才剛聽我說完事情的始末，光是聽禮奈這樣講可能就會讓氣氛變得很尷尬，但藤堂露出的笑容卻不會讓人感到不自在。

「這樣啊，那妳覺得悠打籃球如何？」

「我覺得有來看真是太好了，很帥氣喔。」

看著禮奈開心地這麼說，總讓我覺得有些坐立難安。

「我會很難為情耶，別再說了。」

「為什麼？又沒關係，這就是事實啊。」

聽了禮奈的回覆，我不禁抓了抓頭。

藤堂似乎覺得我這副模樣很有趣，便揚聲笑了起來。

「怎麼，你們現在感覺滿要好的嘛。太好了。」

「比起之前……那是當然啊。」

我不禁用有些含糊不清的語氣這麼說。讓別人了解自己跟禮奈之間事，就等同於讓別人知道自己不成熟的那一面。我那實際上毫無意義的自尊心，下意識就想封住自己的嘴。

「藤堂，你全都聽悠太說過了吧？」

禮奈向藤堂這麼問道。

她指的是分手原因這件事吧。藤堂應該也察覺到禮奈想問的事情，便對她點了點頭。

「聽說了。妳不妨確認一下內容吧？萬一在傳達上有什麼語病，以後應該也沒有什麼可以更正的機會。」

「不，不用了。我相信悠太。」

禮奈拒絕得太過乾脆，讓我感到有點驚訝。

藤堂似乎也這麼想，但他後來還是理解似的點了點頭。

「也是呢。我也相信他。」

「……謝、謝謝喔。」

聽著藤堂跟禮奈這樣的對話，我便小聲地道謝了。

結果，這讓禮奈淺淺地笑了笑。

「對悠太不利的事情，你不用講也沒關係。這種事只要停在藤堂這邊就好了。」

聽禮奈這麼說，我搖了搖頭。

「不，我之前也有跟幾個系上的朋友說過。我會跟他們所有人澄清的。」

「沒關係，不用這麼做。藤堂是跟你最要好的男生，所以我才這樣依賴你。要是你跟其他朋友全都說過之後，反而害得你被周遭人在暗中指指點點，那樣我反而才會責備你。」

「為什麼啊？」

「……要是身邊的人對你的印象變差，我也會感到悲傷啊。還是說，我希望你不要讓我感到傷心這種任性話，你已經不願意聽了呢？」

禮奈垂著眉，這麼問我。

……這說法太狡猾了。被她說到這個份上，我怎麼可能拒絕得了。這番話既狡猾，同時也很體貼。禮奈無論如何，都是為了我著想。

「我知道了。我不會再說了。」

「嗯。謝謝你。」

「我才該向妳道謝吧。妳到底是要體貼到什麼程度啊？」

我露出苦笑之後，藤堂也同意這個說法。

「就是說啊，妳的心胸很寬大。這樣的人可不常見喔。」

「呵呵。因為是在悠太面前，我就忍不住耍帥了。」

「一般來說都是相反才對吧！」

藤堂這麼吐槽禮奈，接著繼續說了下去：

「之後妳偶爾也來露個臉吧。我們這個同好會在這方面很自由的。」

「咦，不用加入同好會也沒關係嗎？」

「沒關係啊。實際上也有人沒加入同好會，卻跑來擔任經理。」

藤堂朝我瞥了一道惡作劇般的眼神。

他八成是在說志乃原。

那個學妹在這幾個月裡，跑來這座體育館的次數恐怕兩隻手都數不清了。

跟那相比，藤堂所說的算是相當容易實現的提案吧。

禮奈也稍微思考了一下，最後笑著說「那我就恭敬不如從命囉」。

「那我下一場比賽也要上場。悠，你就休息一下吧。」

藤堂這麼說著，就站起身朝著球場走去。

「是贏的人繼續打吧，我也要上場。」

當我跟著站起來時，藤堂立刻就朝我反手揮了揮。

「笨蛋，有客人來參觀耶。盡量不要讓我太閒好嗎，為了同好會代表的面子著想。」

「那不就是為了你！」

藤堂聽了我的吐槽輕聲笑了笑後，就跑向球場了。

好像有個低年級的學生要代替我上場，看來好一陣子不會輪到我上場。

比賽開始的鳴笛一響，藤堂敏捷地動了起來，立刻就把球搶到手。

我看著比賽的動向一段時間後，禮奈向我問道：

「你跟藤堂是從一年級開始就很要好了嗎？」

「是啊。」

藤堂在橫向切入後射籃的身影，撇開對朋友的偏袒，就算以同性的角度來看，也是相當吸引人。

以前剛加入「start」的時候，我們兩人的搭檔組合活躍於其他籃球同好會對抗賽中，甚至令人感到懷念，而我們就是度過了這麼長的一段時間。

認識了兩年。我跟藤堂的這份情誼，想必在出社會之後也會持續下去。

曾聽人說過在大學交到的朋友會相伴一輩子，這應該是因為彼此是在價值觀跟行為舉止都相對成熟時才認識的關係。每當我跟藤堂聊天時，都會這麼想。

如果我們國中就認識了，我自己也不知道會不會成為朋友。這點放在禮奈跟志乃原身上也是一樣。

「你們認識的契機是什麼？」

「其他同好會的迎新活動。我們在那邊認識之後，就加入這個『start』了。」

「原來是這樣啊。大學時認識的朋友感覺很棒呢。」

禮奈這麼說著，就從手提包中拿出裝著紅茶的寶特瓶。那比她給我的還更小瓶。

禮奈轉開瓶蓋並喝了一口之後，就重新面對我露出淺笑。

「感覺很害羞，你不要一直盯著我看。」

「啊，抱歉。」

我連忙撇開視線。雖然並非只是因為在視線一隅看見禮奈的嘴角就忍不住盯著她看，但無論如何這肯定都不是一種稱讚。

然而身在體育館這個空間裡的禮奈散發出與眾不同的氛圍，視線無論如何都會被她吸引過去。

志乃原那時也是一樣，在體育館內穿著便服的身影無論如何都很搶眼。如果那個人本身就是很容易引人注目的存在就更不用說了。

「這麼說來，悠太也沒有跟我去過我的同好會呢。」

禮奈的語氣像是突然回想起來似的，我也回覆一句：「的確沒有。」

「對吧。」

禮奈點了點頭之後，將寶特瓶的瓶蓋轉緊，並放回手提包裡面。

我確實一直都知道禮奈有在練習弓道，卻直到我們關係結束之前，都沒機會見過她練習的身影。說真的，我甚至從來沒有想過要去她的同好會露臉。

「這麼一想，我們都有著很多彼此都不知道的一面呢。」

「或許吧。一年內能知道的事情，想必相當有限。」

就連二十年來都在一起的家人也不會熟知彼此的一切，這也是理所當然的。不過對學生來說，一年這段期間也確實滿長的，因此還留有很多從來不知道的事情，正表示我們交往的過程中可能存在著某些問題。

「悠太當時是想要了解我的，而我也想去了解悠太。」

禮奈脫下大衣，掛在左手臂上。那件厚實的大衣應該很有重量，我正想要替她拿而伸出手，卻立刻就收了回來。

我手上還滿是剛比賽完沁濕的汗水，應該會讓她覺得反感吧。

「但是，我們一定還是有些地方會顧慮著彼此。也想必有很多無法說出口的事。」

禮奈一邊緩緩地將頭髮勾到耳後，接著說：

「所以，我有一件事很想問你，就趁現在說囉。悠太，你現在有喜歡的人嗎？」

一瞬間陷入沉默。球鞋摩擦的聲音，以及運球的聲音聽起來都變得格外響亮。禮奈在這麼問完之後，就一直緊盯著我，沒有撇開視線。我勉強正面對上那認真的眼神，並開口說：

「我現在不太去思考這種事情。暫時大概不會想跟某個特定的對象交往吧。」

「咦，所以是要跟不特定複數的人交往嗎？」

「才不是！」

我慌張地否定之後，禮奈便咯咯笑了起來。

「呵呵。我開玩笑的。」

「什麼嘛，對心臟很不好耶……」

我認為這方面的玩笑話，尤其在面對禮奈時應該要特別小心。但既然是禮奈自己提起，那又是另外一回事，也讓我放鬆了一些。當然，我非常明白這話題不該由我拋出。

然而剛才的回答對禮奈來說，看起來恐怕就像是一種逃避吧。我絕對沒有說謊，但我也知道自己答得含糊不清。

但對於禮奈的提問，我確實無法瞬間給出明確的回答，這也無可奈何就是了。

禮奈稍微歪過了頭看著我好一陣子之後，露出惡作劇般的微笑。

「你在跟我交往之前，有跟兩個女生交往過對吧。」

「喔，對啊，但那是很久之前的事了。」

分別是在國三跟高一的時候。

兩次都是不到半年就分手了，不過以學生來說，無論交往過的人數還是期間應該都算平均值。

「你還有在跟她們見面嗎？」

「怎麼可能。都已經好幾年沒聯絡了。」

高一的前女友只有加了ＩＧ，但國三時的前女友就完全不知道她的任何聯絡方式了。我對此之所以沒有什麼特別的感覺，應該是因為我們本來就是隨波逐流才會交往，是一段沒有投入真心情意的關係吧。

雖然也有人從國中開始就是認真交往，但我並非如此。第一次體驗到兩情相悅的感情開花結果，並深切喜歡到心焦的對象，就只有眼前的禮奈而已。

「你之前說過，跟她們交往的時間都不長對吧。那不就等於是沒有可以拿來比較的人了。」

見禮奈悄聲地喃喃著，我便費解地回問道：

「什麼意思？」

「沒什麼，我知道這樣的想法就倫理上來說是不對的……我只是在想沒有人可以拿來比較的話，悠太會是怎麼想的呢？」

拿來比較的人。確實就交往對象來說，就只有跟禮奈在一起的事情在我心中留下鮮明的記憶，但我不會因為沒留下什麼跟其他前女友之間的記憶而覺得感傷。

我覺得本來就沒必要跟前女友做比較。

「我現在說了有點壞心的話呢。我自己也這樣認為，但我想不到其他的說法。」

「我不介意啦，而且我也能明白妳想說的話。能比較的對象越多，當然也會覺得越精準吧。」

比較對象太多或許會造成反效果，但也是有具備一定程度的指標比較好的想法存在。

最理想的狀況當然是第一次交往的人就是所謂命中注定的對象，但以我的狀況來說，從第一次跟人交往是在國三這點來看就已經沒什麼好說了。

「但是，也總不能事先體驗交往看看。」

既然要交往，就必須建立起認真的關係才行。

但正因為認真以對，直到實際交往之前必須要有各式各樣的資源去分析，也比較難累積經驗。所以交往經驗才會更顯珍貴又具備價值，然而以戀愛來說，經驗累積得越多，卻又不見得會讓人認為是件好事。

在跟自己交往之前就算有一次交往經驗，這樣的異性就不值得信賴，是個糜爛的人——也是有人會說這種話。

凡事都會隨著經驗的累積而更為精確。照理來說，第一次就要讓事情成功的難度很高，這才是理所當然的。

當然，對雙方來說可以第一次就成功的話，確實是最理想的狀況。

但下一次就是第四次交往的我，實在沒辦法說這種漂亮話。就這方面來說，為了確立自己的指標，如果可以「體驗交往」或許是再方便不過了。

前提是對方也要認同這只是體驗交往。這也是理所當然，假如只有我單方面是這樣的打算就跟人開始交往，那就算是人渣。

然而缺點在於看在他人眼裡應該是糟透了。就算當事人雙方都同意體驗交往這樣的關係，周遭會認同這種關係的人大概是少數吧。

而且最大的問題就是我身邊並沒有具備這種倫理觀念的怪人。

「嗯，怎麼想都不可能。」

我這麼說，禮奈便感到有些可惜似的，但與此同時也露出了安心的表情。

「也是呢。該怎麼說呢……我是有點想推薦悠太透過這樣的形式累積經驗，但也會感到有些不安吧。」

「反正我身邊也沒有那種會對體驗交往感興趣的傢伙。」

我自己這麼說出口的瞬間，幾個月前的情景便重新浮現在腦海中。

總覺得去年的平安夜好像有聊過這樣的事情，不過又好像沒有。

「這件事再跟我說得仔細一點！」

「啊？」

身後傳來一道熟悉的聲音，這讓我不禁覺得說不定真的有言靈存在。

回頭一看，出現在眼前的是——

「啊。」

禮奈輕呼了一聲。

在我跟禮奈的視線前方，志乃原正雙手抱胸，嘴角揚起大大的笑容。

「為什麼！妳怎麼會在這裡啊！」

志乃原這麼譴責禮奈之後，立刻將視線轉移到我身上。

我則用眼神回應，表示已經將所有事情都跟這個學妹說了，她也沒有惡意。

漸漸地，志乃原原本鼓起來的臉頰，也開始洩氣委靡。

「我之前就有這樣的預感了……」

「什麼預感啊？」

我隨口一問，志乃原便猛抓住我的肩膀，前後拚命地搖晃。

「就是學長！會帶禮奈！來這個同好會的預感啊！」

這星期已經是第二次被搖晃到頭昏眼花，但我還是勉強開口回應：

「我要帶誰來！是我的自由吧！」

「我知道，所以才會很火大嘛——！」

「欸，真由。」

志乃原對禮奈的聲音做出反應，接著就鬆手放開我的肩膀。因為突然被放了開來，我就這麼重心不穩地往後仰倒，卻不見有任何人在乎。

「是，妳這次記得我的名字了呢。怎麼了嗎，禮奈？」

「妳覺得悠太受歡迎嗎？」

「呃，妳突然問這個做什麼啊！」

聽到禮奈這麼問，儘管我在爬起來的時候先做出了反應，志乃原的視線卻還是直直看向禮奈答道：

「應該是受歡迎的吧。畢竟妳也跟他交往過了。」

「啊哈哈，也是呢。雖然交往的契機跟他是不是受歡迎無關就是了。」

「喔。」

儘管志乃原做出這樣滿不在乎的回應，禮奈也絲毫不介意地繼續說了下去：

「受歡迎的人要是放著不管，就會跑到自己無法觸及的地方，而這在某方面來說也是理所當然。如果不喜歡這樣，只能認真去加深彼此的情誼。」

從剛才開始她們就把我捧得很高，但原本就受歡迎的人很明顯是禮奈才對，我也壓根不記得自己有變成越走越遠的存在。假如是的話，我就不可能到了大三還無法擺脫自甘墮落的生活。

準備找工作的時間越來越近，我卻還無法決定努力的方向在哪裡……自己這麼否定之後，總覺得感到很空虛。

「喂，我可不記得有跟妳深入到那種程度。」

「妳在說什麼啊？我跟學長的關係可是如同馬里亞納海溝那麼深喔。」

「學長，你很吵耶！」

「現在是在講我的事吧！」

就算我這麼回應，小惡魔學妹的視線還是緊緊盯著禮奈。

「而且，就算禮奈跟學長之間發生過許多事情，我的行動也不會因此改變。」

這是前天在第一堂課開始之前，她直接對我說過的話。

對我來說這是一番令人開心的話，但聽在禮奈耳裡，或許會抱持不一樣的印象。

「真由，妳的行動是什麼？」

「跟學長很要好地相處！」

「這樣啊，謝謝妳。」

「咦？」

志乃原發出像是突然沒勁的聲音。她本來好像還想說些其他的話，卻因為禮奈這一句回應而說不出口的樣子，只能張著嘴愣在原地。

「謝謝妳跟悠太這麼要好。他本來就不太會跟年紀比較小的人來往。有真由在，未來想必能成為他的財產。」

「是喔……呃——也是呢。學長也確實有說過，很少跟年紀比較小的人扯上關係。但該怎麼說呢，就是……」

禮奈微微歪過頭，這讓志乃原下定決心之後說：

「禮奈現在還是有種學長的女朋友的感覺，那讓我覺得非常奇怪。」

「呵呵。我現在是前女友就是了。」

禮奈若無其事地回上這麼一句。

志乃原沉默了幾秒之後，轉頭對我說：

「……學長，如果不是我聽錯，剛才禮奈是不是說了『現在是』……」

「我是這麼說的喔。」

禮奈這麼答道，志乃原也不等我回應就再次面向她。

「也就是說，馬上就要復合了嗎？」

面對這個豈止直白，簡直像是子彈球一般直接的問題，禮奈也沒有一絲膽怯地回應：

「至少不會是現在。我們之間的關係，直到前陣子才剛重新開始而已。」

「這種——」

「所以說，我們剛才只是聊到如果有個可以短時間體驗交往的對象，應該就能讓悠太明確看出他自己對於戀愛的指標了。但這不過是舉例而已。」

「這件事再跟我說得仔細一點！」

「嗯，我這就來說……」

志乃原的氣勢讓禮奈感到傷腦筋似的垂成八字眉。

在一旁看不下去的我抓住志乃原的脖子將她帶離禮奈身邊。學妹嘟起了嘴，用埋怨的眼神看了過來。

「你要不是學長，我現在就咬住你的手指了。」

「啊——那幸好我是學長。」

「我想聽的不是這種話——！」

她揮舞著手臂動來動去的，我這才勉為其難地鬆開了手。

第一次跟志乃原來到體育館的時候，我還會顧慮不要觸碰到她，現在卻能毫不在意地抓住她的脖子了。像是這種小地方就能讓我感受到時間的流逝。

「如何啊，學長？要不要跟我體驗戀人生活一段時間？」

「不要。」

「竟然秒答！」

志乃原在露出驚愕的表情之後，無力地蹲了下來。

「難得有這個機會可以加深跟學長之間的情誼……最近好不容易比較親近了。」

「妳聽好了，我怎麼可能只為了像是累積自己的經驗，就奪走妳的時間啊。」

如果是出租女友那種靠金錢維持的關係就算了，既然是出自善意，應該還有其他更值得運用這段時間的方法才是。

在對方明顯不會得到任何好處的狀態下，我無論如何也不可能開口拜託人家。

說穿了，不但浪費自己的時間，平常更是浪費了志乃原的時間，這樣的我或許也沒資格說這種話。但志乃原也有在擔任美髮模特兒之類的，她那充滿個性的力量應該還能應用在其他地方才對。想到這邊，我覺得自己並沒有做出錯誤的選擇。

「我也想累積各種經驗啊。既然我都說好了，不就是雙贏的局面嗎？」

「絕對不行。」

「拜託你不要用那種像在拒絕毒品的口氣好嗎！」

「對悠太來說，在某種方面或許就是毒品呢。但可能已經太遲了就是。」

禮奈這麼插嘴之後，又繼續講下去：

「我剛才也說了，這只不過是在舉例而已。真由，妳也不用那麼當真喔。」

「不，我是認真的。對我來說，這也是正好有這個機會。」

我從沒見過她那樣認真的表情，總覺得不太自然。

「……為什麼？」

我這麼一問，志乃原就閉上嘴並低下頭去。她看起來正在猶豫要不要說的樣子。

就這麼過了一段時間，我跟禮奈也面面相覷。接著，禮奈很客氣地向她問道：

「是發生什麼事了嗎？」

「並、並沒有發生什麼事……只是心境上的變化而已。」

志乃原總算做出反應，並朝著禮奈說道：

「我覺得自已從禮奈身上學到了很多。」

「從我身上？」

「是的。呃，這並不是在挖苦妳。不好意思，如果妳聽起來像是那樣的話，我可以向妳下跪道歉。」

「不、不用下跪啦。不過……這樣啊。如果真的有幫上真由什麼忙的話，我也會很高興的。」

志乃原說她學到了很多，恐怕是指我跟禮奈的那件事吧。從志乃原下意識道歉就能明白，一般來說因此惹得別人不開心也不奇怪。然而，也沒想到禮奈會回說她很高興。

——她還是一樣心胸寬大。

自從我們相遇那時，禮奈就蘊含著能溫柔地包容他人的魅力。她本人說不定會否認這點，但那樣的包容力就出自於寬大的胸懷吧。

志乃原對禮奈這樣的回應眨了眨眼，隨後便朝她飛撲過去。

「……禮奈，之前真的很抱歉。我一直在說些很沒禮貌的話。」

「之前？」

禮奈愣了愣，但我立刻就聽懂了。

因為我從志乃原本人口中聽說了她單方面質問禮奈的事情。志乃原那次獨斷的行動也在我身後推了一把，好讓我再次去見禮奈，因此對我來說是好事一樁。但站在禮奈的立場看來，志乃原的行動單純只是一種沒禮貌的行徑才是。

禮奈似乎也總算明白志乃原所指何事，便搖了搖頭。

「沒關係。不如說，那還讓我覺得有點開心。」

「咦？」

「我認為正因為妳單純仰慕著悠太，所以才會做出那樣的行動。那時候我也得以再次確認到，悠太果然是個很有魅力的人。」

禮奈這番話讓我淺淺地嘆了一口氣。

「真虧妳有辦法說出那種難為情的話……」

「因為，這就是事實啊。」

禮奈朝我這邊瞥了一眼，並淺淺一笑。

然而志乃原似乎還是無法接受禮奈的說法，再次向她問道：

「禮奈，妳為什麼不對我生氣呢？雖然事出有因，但換作是我，就算只有一次，還是不太想跟曾經待我刻薄的人扯上關係耶。」

「嗯……」

禮奈微微歪過頭，並抬起了視線。接著在幾秒過後，她才緩緩開口：

「要是沒有什麼原因，我也不想吧。但在事情的原因當中，有可以原諒的，也有不能原諒的狀況。之前那件事就像我剛才說的，讓我覺得很開心。」

「……妳為什麼有辦法這麼站在對方的立場思考呢？」

「我只是不想要不由分說地否定而已吧。因為我也曾經後悔過，要是當初有替對方設身處地著想，說不定就會得出不一樣的結果了。」

——我似乎也明白了這番話是所指何事。

這是一段迂迴的訊息，還是……

「能這麼接受我的禮奈總不可能是壞人呢。」

志乃原這麼說著，便撲到禮奈身上。

禮奈「哇！」地驚呼了一聲，但還是抓住志乃原的手臂。我只能啞口無言地看著她們突如其來的攻防。

飛撲過去的志乃原沉默地抬頭看著禮奈，但不久後她便伸手環抱住禮奈的腰。她一邊說著「這裡真令人安心……」之類的話，禮奈儘管露出傷腦筋的樣子，但也開始撫摸起她的頭。

「其實我在拉麵店遇見妳的時候就很想這麼做了……」

「原、原來妳那時候在想這種事啊？跟我說一聲就好了啊。」

「我現在是被迫看妳們演哪齣啊？」

我不禁壓低聲音喃喃說道。禮奈跟志乃原親暱和睦的模樣，表面上看起來相當令人莞爾，但對於跟她們兩人都有深刻交流的我來說，就是一副令人坐立難安的光景了。

直到剛才，志乃原散發出的氣息，像是會做出非常不得了的發言，但現在也蕩然無存了。剛才她跟禮奈之間的對話，似乎解開了志乃原的心結。

「呵呵。感覺好像小動物一樣，真可愛。」

「禮奈的胸部好柔軟喔……」

「啊！等等。真是的，妳不要亂動。」

志乃原的臉就像要埋進胸部一樣，讓禮奈慌張地跟她拉開距離。但沒想到志乃原出乎意料的固執，結果禮奈也容許了她的行為。這是只有同性間才能被允許的事情，要是異性也想做出相同的舉動，就會直接進警局了。

我背後開始感受到同好會的成員紛紛將視線集中過來，總覺得坐立難安。幸好沒有人待在可以聽得到我們說話的地方。

「欸，學長。」

志乃原從禮奈的胸口含糊不清地向我搭話。這讓我很猶豫要不要回應在這種狀態下的學妹。

對於打算忽視的我，禮奈拋來一記責怪的眼神，我才不得已應她一句：「怎樣啦。」

「既然只有跟這樣魅力滿點的禮奈交往的記憶，那往後學長的戀愛之路確實很令人擔心呢。」

「不用妳多管閒事。」

「我說的是真的啊。」

說真的，我最近滿腦子都只想著跟禮奈之間的事情，很少有機會去想關於往後戀愛的事。再加上身處於總是有人陪在身邊這樣受到眷顧的環境之中，也不會感到寂寞。

即使確實有著想交個女朋友這般茫然的念頭，卻從來沒有明確地去思考關於下一個女朋友的事。

就算能交到女朋友，感覺也是許久以後的未來的事。

然而仔細想想，像這樣常有異性陪在身邊的時期應該無法持續太久吧。我對於自己並不具備隨時都能吸引人的魅力這點很有自覺。儘管如此，這麼沒資格的我卻時常有異性陪在身邊。若要把這個視為一次機會，或許我就該趁現在交個女朋友。

乍看之下好像很有道理，但其實是個滿過分的想法，不過男人說到頭來就是這樣。腦袋不用擔心會被任何人窺見，就算有著令人不禁蹙眉的思考也是無可厚非。

只要識相地不讓這樣的想法表現出來，也不會露餡的話，我覺得就沒什麼問題了。

「我現在不打算交女朋友啦。」

但是，這也確實是我自己的真心話。

儘管有想交女朋友這曖昧不清的欲求，但在這想法還沒變得更明確前，我想保持單身。

聖誕節那陣子有很多為情侶們設立的活動，這個事實也一直存在於腦內一隅，因此單身的立場讓我感到寂寞。實際上氣溫一旦下降，人類似乎就會基於本能追求異性的樣子。

但現在天氣越來越溫暖，也想不到之後還有什麼特別的活動。

就某方面來說，我也知道自己對戀愛的動力減低了。雖然腦海中在無意間還是會閃過戀

愛的念頭，但其他時間幾乎都沒有想要戀人相伴的意思。

而且——

「嗯，也是呢。」

禮奈這麼回應的聲音，不知為何，給我帶來一種鬆了一口氣的印象。

禮奈的存在，也是我覺得不需要戀人相伴的原因之一。

要是才剛重啟彼此關係的對象馬上就結交了戀人，不用多想也知道會陷入一種複雜的心境之中。所以無論自己對戀愛有沒有產生動力，我暫時還是不能交女朋友。說不定這樣的想法只不過是自我滿足，但既然多少可以促成圓滿的關係，那就不算什麼。

「我才不管這種事呢。」

志乃原離開禮奈胸前，轉而面向我這邊。

「連當事人的意見都不管是什麼意思啊？」

「呸——！」

志乃原朝我吐出了舌頭。

「妳是在耍我嗎？」

「也能這麼說！」

「否定一下好嗎！」

志乃原咯咯笑了起來，並再次飛撲到禮奈的胸口。一開始對她這樣的行動感到困惑的禮奈，這次也勾起淺淺的笑。對禮奈來說，應該很少遇到有人能在這麼短的時間內拉近彼此的距離，但她看起來感覺也滿開心的。志乃原真的跟年紀比她大的人很合拍。

但是，她說了一句很令我介意的話。

——我才不管這種事呢。

這句發言是跟平常一樣在鬧我的嗎？還是知道我所有的狀況才這麼說的呢？

但就算是後者，這個說法也沒有錯。站在志乃原的立場看來，我們的狀況終究只是在與她無關的地方上演的事吧。

「那總之呢，學長可以借我體驗一下嗎？」

……她應該是隨便說說的，才能在這個場合做出這種發言吧。

「這個話題還要繼續講下去喔？」

我刻意露出傻眼的表情，志乃原便鼓起臉頰說：「請不要擅自結束這個話題好嗎！」

「我有一個感到自卑的地方。」

「只要是人，任誰都會有個自卑的地方吧。所以妳不用放在心上。」

「又不是只要說出正論就好了！」

志乃原用一副要朝我咬過來的氣勢這麼抱怨，但她現在跟禮奈黏在一起的關係，看起來只像個可愛的小動物而已。

這也讓我氣不起來，便嘆了一口氣。

「我可以說點以前的事情嗎？」

我朝球場看去，只見比賽還在打上半場。就算有出場的機會應該也還要再過一陣子，說真的這段時間我也正好無所事事。

「就聽妳說到下一場比賽開始好了。」

「學長有這麼喜歡籃球嗎……」

「那當然，我一直都是籃球社的嘛。」

國高中生的時候我都一直在打籃球，就算現在換了環境，有時無意間還是會很想碰球。說穿了，我會加入籃球同好會也是因為想打球的時候就能參加活動的關係。跟志乃原相遇的那時候像這樣的機會也很有限，但最近我參加的次數相當頻繁。

「我國中的時候也是籃球社的，但完全不會想打球想到坐立難安呢……呃，話題又扯遠了。」

志乃原搖了搖頭，不等我跟禮奈做出反應就開始說了起來。

「從前從前，我夢想著能成為公主殿下。」

「每個女孩子都會這樣想呢。」

禮奈莞爾一笑地說。志乃原雖然一副苦悶的樣子，但還是回了一句：「對吧。」如果剛才那句話是我說的，她肯定又會衝著我說：「又不是只要說出正論就好了！」

大概是為了先重整一次心情，志乃原拍了拍自己的臉頰。這次為了認真聽她說，我也跟著側耳傾聽。

「我的戀愛觀跟別人相比顯得有點偏差對吧。關於這點，真的是從很久之前我就心知肚明了。」

「喔……我記得妳之前也有說過對吧。」

大概是今年一月的事吧。當我回到家時志乃原就在家裡，正看著戀愛節目。就是她說著「懷疑自己的戀愛觀與一般大眾有所偏差」那時候。

「那時不是妳第一次產生這樣的想法啊。」

「我一直都這麼想，才會婉轉地向你坦白。我本來是不想嚇到你，但事到如今應該沒關係了吧。無論學長，還是禮奈都沒關係。」

我跟禮奈彼此看了一眼，並點了點頭。

就算知道她的戀愛觀有所偏差，也不會改變我跟志乃原之間的關係。雖然不敢保證絕對不會被她嚇到，但因此讓我跟志乃原之間的關係產生改變的可能性為零。

雖然禮奈也才剛認識志乃原而已，但就她的個性來說，不會對他人的戀愛觀抱持偏見並跟對方保持距離，這點我最清楚不過。志乃原大概也是直覺上這麼想的，或是因為信賴我的關係，讓她對禮奈也有著同等的信賴。

「聽到的瞬間或許會退避三舍，但我絕對不會因為這樣就對妳敬而遠之喔。」

「一般來說這種時候就算是說謊也會說『絕對不會退避三舍』吧！但學長確實會這樣講就是了！」

雖然她的語氣強烈到像在演戲似的，還是難掩感到開心的表情。志乃原應該也不想讓氣氛變得太沉重吧。

志乃原用一如往常的開朗語氣侃侃道來。

「在我心裡，對於產生這種偏差的原因大概有個底。自從我還很小的時候就跟周遭產生了一些偏差，也因此跟人發生過一點小糾紛就是了。」

志乃原抬頭仰望著體育館的天花板。

一片橘色的挑高天花板像要把人吸進去一般，為整個體育館帶來明亮的氛圍。

眺望著像是陽光般的光線害我眼前留下殘影，讓我在看不清志乃原表情的情況下，繼續聽她說下去。

「一心想著要改變而焦急不已，但又陷入失敗之中。一般來說人應該都是在這樣的過程中成長，但即使如此我還是改變不了，就拖延到現在。所以，我覺得現在這段大學生活就是最後了。這次就是可以改變自己的最後一次機會。」

大學生活的時間相對從容。如果從有社團活動的國中之後來看，要說這段大學生活是時間上最充沛的的時期也不為過。

正因為如此，志乃原才會以這段大學生活當作一個階段的時限，並拉出一條界線吧。

就算出了社會應該也還是有機會可以改變，但一直想著還有下次、下次再說，結果就一直沒有改變的話，或許確實需要狠下心來逼迫自己。

志乃原想要改變價值觀的心情，至今也是偶爾會散發出來。

既然如此，我也想替她加油。無論作為她的學長，還是作為一個人都是。

「我會支持妳的。畢竟要改變自己不是一件簡單的事。」

為了改變自己的戀愛觀而這麼認真，說不定對於有些人來說只會一笑置之。可能會笑她何必為了這種事情這麼認真。

但是，至少志乃原本人是認真的。而且身為學長就是要誠摯地傾聽學妹的煩惱。

因為是學長就必須做點什麼協助的這種刻板觀念，我並不是那麼贊同，但我確實想替志乃原做點什麼。

不管怎麼說，我們的關係都維持到這個地步了，也是會產生這樣的心情。

「那就請你跟我體驗交往吧。」

「我不要。」

「現在這樣絕對是會順勢答應下來的氣氛吧！」

志乃原這麼說著開始跺腳。要不是現在正在比賽，大多人的視線都集中在球場那邊的話，肯定會被人懷疑我們三個人到底在談些什麼吧。

「就算要體驗交往，是不是姑且要取得禮奈的認可比較好啊？」

志乃原這麼說著，轉頭面向禮奈。

禮奈聽志乃原這麼說，露出有些驚訝的反應，但她終究還是搖了搖頭。

「我沒有權利阻止這件事情。」

……因為不是情侶關係，所以無法阻止。這是個非常理所當然的原因，但我還是不禁垂下了視線。或許現在禮奈並不希望我抱持著罪惡感，但我想必還會感到自責好一段時間。

不過志乃原似乎沒有多想這些事情，只見她用一樣的語氣向禮奈問道：

「那妳希望為期多久呢？時間太長也不好吧。」

「……兩天左右吧。」

「也太短！」

志乃原感到驚訝不已，而我也因為別的理由感到震驚。

「等等，為什麼把當事人晾在一旁逕自談下去啊？一般來說也會問問我的意見吧。而且我剛才已經說我不要了吧，還是我沒說呢？」

「你沒說呢。」

「我絕對有說！」

我忍不住吐槽失去幾秒前記憶的學妹。她有這麼方便的腦袋還得了。

「不過這兩天如果沒有任何肢體接觸限制的話，也是可以喔。」

「聽人說話啊！」

「悠太，沒關係的。」

禮奈平靜地說了這一句話。

我跟志乃原都不禁同時注視著禮奈。

「妳、妳們是怎麼了啊？」

「禮奈……謝謝妳！如此一來學長也會採取行動了！」

志乃原用誇張的動作張開雙手，再次緊緊抱住了禮奈。

「等一下，為什麼啊！」

「悠太。」

再次被平靜的語氣叫住之後，我又一次吞回湧至喉頭的一番話。

現在這個場合最有發言權的人就是禮奈。不管是志乃原還是我，都靜靜等著禮奈開口。

「剛才跟悠太說的體驗交往。雖然只是舉例，你聽起來可能覺得我是在開玩笑，但其實我還滿認真的。」

「為什麼要認真啊。禮奈，妳——」

——妳真的不介意嗎？我正想這麼問，但還是決定不說了。

顧慮禮奈的心情跟詢問她這件事，這兩者不能牽扯在一起。我不能問出這種事情。因為無論她怎麼回答，我一定都沒辦法解決。

「嗯。」

禮奈輕聲笑著，點了點頭。簡直就像察覺我的想法似的。

志乃原離開禮奈身邊之後，便猛力抓住我的手臂。

「好啦，學長，我們走吧。」

「真的拜託妳等一下，唯獨下一場比賽我絕對要上場。有什麼話等我打完球再說。」

「那我去換上平常那件運動服！」

志乃原這麼說著，很乾脆地放開了我的手臂。

從她掛在纖瘦肩膀上那個包包比平常還要大，而且裝得鼓鼓的這點看來，就能得知她事先做好了準備。

我並沒有跟她說過今天要來參加同好會的活動，她應該是看過我掛在房間的日曆上標好的行程吧。

以藤堂為首，志乃原一邊跟附近的同好會成員逐一打招呼，一邊朝著更衣室跑了過去。

看著志乃原的背影，禮奈悄聲地喃喃道：

「……我剛剛忍不住有點覺得什麼叫禍從口出了。」

「不然我現在就去拒絕她吧。」

「不行。」

「為什麼啊！」

「我一直在想……究竟要怎麼做，才能讓你再次將我納入選項裡頭。而想到最後的結果，就是現在這樣。」

正打算跑去追上志乃原的雙腳立刻停了下來。

——復合。

儘管大多情侶都會分手，有些時候也是有人會復合。我之前就知道禮奈想跟我復合。

但她還是第一次像這樣直接說出口，讓我不知道該怎麼回答她才好。就算拚命絞盡腦汁，也不覺得有辦法說出自己能夠接受的回應。

「抱歉，讓你傷腦筋了吧。」

禮奈不禁垂眉，並這麼說著。

過去的我跟禮奈，就是因為沒將悶在心裡的想法說出口才會錯過彼此。

即使如此，或許也不是將所有話都說出口就是好事。

「說話的取捨及選擇真的很困難呢。」

「是啊……很困難。」

我這麼回應道，禮奈也說著：「這也沒辦法呢。」並聳了聳肩。

要是可以具體看見剛剛好的界線不知道有多輕鬆——這種不可能實現的想法浮現後，很快就消失了。

代表比賽結束的哨子聲，此時聽起來似乎比平常還要響亮。

「你會好好接受真由提出的體驗交往嗎？」

離開同好會的回家路上，禮奈雙手各拿著一個鯛魚燒向我這麼問道。她朝我遞出奶油口味的那個，我便心懷感激地收下。

「鯛魚燒果然就是要吃奶油口味的呢。」

「一般來說都是紅豆就是了，但奶油也很受歡迎呢。何況悠太不吃紅豆餡嘛～」

禮奈又補上一句「明明就這麼好吃」，便張著小嘴吃起鯛魚燒。

我也不是完全不吃紅豆餡，只是如果要自己出錢買來吃的話，我絕對會選奶油口味。我覺得鯛魚燒的餅皮跟洋式的甜味絕妙地很搭。品嚐的方式這麼分歧的鯛魚燒果真深奧。

當我正想針對這件事高談闊論時，禮奈很客氣地用手掌遮住了我的嘴。

「不行。不然話題又要扯遠了。」

「唔……」

被她這麼一說，我這才發現話題已經偏掉了。

我只是在腦中做出回應而已，就以為自己已經說出口了。

當奶油的甜味在嘴裡消失到一定程度之後，我總算開口說：

「我是很想拒絕，真的得答應那傢伙的請託才行嗎？」

在她拜託了要體驗交往之後，我先專注於同好會的活動。此時志乃原之所以不在場，是因為騙她說我們本來就有預約好餐廳了。關於這件事，要是志乃原在場，話就會講不下去。或者是會朝著意料之外的方向發展。

志乃原一開始也是不斷耍賴，但終究屈服於預約這個詞的力量，最後便繼續參加同好會活動，加深與其他成員之間的交流。

同好會成員們也滿歡迎她的參與，這更體現出志乃原的社交能力有多強。

彩華的處世之道是會經過一定程度的打算，但相對的，志乃原好相處的個性則是天生的。正因為如此也會有危險的一面，但在我至今相處過的人當中都沒有像是志乃原這樣的類型，因此儘管我們已經認識了好幾個月，直到現在還是會帶給我新鮮的感覺。

禮奈似乎也在想一樣的事情，她說著：「真由很快就能跟大家打成一片，真的好厲害啊。」也不禁微微一笑。

「受到像真由這樣坦率類型的人仰慕，我還是覺得對你而言是一大財產。」

聽禮奈這麼說，我也不甘願地點了點頭。

要承認這件事總覺得讓我有點不甘心，但那個學妹對我來說確實是很重要的存在。自從跟志乃原變得這麼要好之後，我很快就相當感謝她了。所以儘管是一筆很傷的支出，我還是買了錢包送她。

但那時只不過是感謝她在生活上給了我很大的幫助。

最近對志乃原感謝的心意，一點一點變成了包含那點在內的模樣。

也就是說——變成感謝她相伴在我身邊。

志乃原這個人無時無刻不待在我腦海中的一隅。理由並非單純跟她變得要好而已，而是因為我窺見過好幾次她具備我缺少的一面。

她會將自己的感受以及想法率直地透過話語或行動表現出來。

明明個性跟我相反，卻也懂得如何配合彼此，我們一同共處的時間早已融入我的日常之中，甚至到了令人驚訝的程度。

大概是因為我活到現在從來沒跟志乃原這種類型的人這麼深入地相處過，她頻繁地給我帶來某種新鮮的感覺，而這也不可思議地讓我感到很自在。

「但還滿勞心費力的喔。她好像也很衝動地跑去找妳……那時候真是抱歉了。」

「呵呵，為什麼是悠太要向我道歉啊？」

禮奈笑了一下之後，將本來裝著鯛魚燒的包裝紙揉成一團。

「我剛才也說了，真由為了你而生氣這件事，反而讓我感到很開心。」

禮奈這麼說了之後，便開始梳整起頭髮。

她順手將暗灰色的髮絲勾到耳後。左耳的耳環在陽光的照耀之下微微晃動。

「不過，所謂學長姊就是會替學弟妹搞砸的事情道歉是吧。這種關係真好。」

「是嗎？」

她那樣欽羨的語氣，讓我感到有些意外。

禮奈也有加入弓道的同好會，高中時應該也有參加社團活動才是。想必也有一兩個學弟妹吧。

「從志乃原的態度就看得出來，禮奈也是受到年紀比較小的人仰慕的類型吧。而且我也覺得妳散發著同輩之中沒有的那種氛圍。」

我是以她有著要好的學弟妹為前提才這麼說，沒想到禮奈卻搖了搖頭。

「我不是那麼會照顧人的類型。當然我也努力想去關照學弟妹，但以個性來說總是還有適合與不適合……而且運動社團中，還是個性外向的學長姊比較受人仰慕呢。」

「哦……是這樣啊。」

聽她這麼一說，我也多少能理解了。確實比起運動社團，禮奈給人的印象比較接近文化類型的社團。雖然弓道在運動社團當中感覺也是聚集了一些個性比較沉穩的人，可能是禮奈所屬的弓道社氣氛並非如此吧。

「……騙你的。你就當我沒說吧。」

「咦？」

「我就坦白說了。剛才只是給『自己沒有親近的學弟妹』這件事，套上一個煞有其事的藉口而已。不禁打腫臉充胖子了。」

這麼說著，禮奈就伸手輕輕敲了一下自己的頭。這個動作蘊含著會讓四周的男學生忍不住回頭看的可愛，幸好這時沒有其他人看見。

「妳要是沒有自己拆穿，我絕對想不到會是這樣。」

我老實地說完，禮奈便輕聲笑了笑。

「也是呢。但我已經下定決心了。剛才是有點趁勢說了下去……即使如此，只要不是什麼特殊狀況，我都會對你明確說出自己的想法。」

「……這樣啊。」

禮奈自從那件事情之後，就想做些改變。我相當清楚要下意識改變自己的言行舉止，是一件需要有堅定的毅力，而且並非一朝一夕就能達成的事。因為跟我之間發生的事情讓她決定承受這樣的辛勞，我本來應該要為此感到很對不起她才對。

即使如此，我還是——

「悠太啊。」

「怎、怎樣啦？」

「你看起來好像有點開心耶。」

這麼說著，禮奈便用手指碰向我的臉頰。

她要為此感到不開心也可以，但禮奈依然露出溫柔的微笑。

「禮奈，妳真的是行動派耶。」

「那也要視狀況而定。那件事對我來說，相當於現在不改變的話就不知道要等到什麼時候了。這對真由來說也是一樣。」

禮奈語氣輕鬆地這麼說，並接著講下去：

「悠太，我看你還是跟真由交往個兩天吧。」

「呃，為什麼會變成這樣啊？」

我跟不上突然拉回去的話題，但禮奈只是輕聲笑了笑。

「我啊，決定賭一把。別看我這樣，我很明白自己所處的立場。我大概可以掌握現在的自己對悠太來說是什麼程度的存在。」

「那是怎樣，感覺很可怕耶。」

「這、這樣很可怕嗎？那倒是讓我覺得有點受傷。」

禮奈垂下眉，並消沉地低著頭。

我見狀便慌張地搖了搖頭。

「抱、抱歉抱歉，不是啦。我剛才那樣講只是想掩飾難為情的感覺。」

明言自己是在掩飾害羞，那才是最令人感到難為情的事，但現在也顧不了這麼多了。當我為了解開誤會而一再解釋時，禮奈便抬起頭來。而且她臉上還帶著相當燦爛的笑容。

「嗯，我知道。抱歉，我只是有點想捉弄你。」

「……竟、竟然做這種小惡魔般的事情。妳是在哪裡亂學這種事的啊？」

「我只是想像了一下，真由應該會這麼做吧。」

——這倒是。應該說，我敢確定之前一定有過完全一樣的互動。

「這種反應果然只要想，就能做到呢。」

「那當然啊，這種程度對女生來說不過是一般交流的範疇而已。但如果不是在兩人獨處的時候這麼做，之後就會很可怕了。」

「之後會很可怕？」

「要是身邊有同性在，感覺就會在背地裡被說成是個做作的人。在這種世道，大剌剌的女生給人的觀感也比較好。」

「更何況就算不想，男人也會為此著迷。」

我這麼補足了禮奈的這番話。

剛才那樣的舉止，男人會誤以為這個女生對自己抱持好感也不奇怪。

冷靜地從旁看來也會知道並非如此，但對當事人而言，就是會不禁解釋成「正因為對自己抱持戀愛情感才會做出這樣的舉止吧」。

就算女生自己沒有那個意思，但小惡魔般的舉止就是會讓男人怦然心動。而做出這種舉止的若是像志乃原或禮奈這樣的女生，就更有效果了。

但假設本人並非刻意做出小惡魔般的舉止，我也大概能猜到這樣的誤會將招致怎樣的結果。

「真由似乎也經歷過不少艱辛的事。」

「妳有聽她說過什麼嗎?」

「一點片段而已。我也沒有問得更詳細。」

「不過,我想也是吧。」

志乃原不太會跟我提起以前的事情。我之前也從沒提及自己的過去,因此對於志乃原不說些以前的事情也不會覺得怎麼樣。等她想說的時候再說就行了。要是不想,那一直都不跟我說也沒關係,我一直都是這樣想的。

然而,我現在會想再多了解志乃原一點。

那傢伙說過,受到我的信賴讓她覺得很開心,但我會想更加了解她的這份心情,追根究柢也大概就是這樣吧。

我單純想更了解志乃原這個人。

我認識的是現在的志乃原,跟她的過去沒有關係。但是,也正因為有過去的志乃原,才會構成現在這個志乃原。而我喜歡現在這個志乃原的為人,所以也會想知道她的過去。

因為我不想被她疏遠才沒有問出口,但這就是我真正的想法。

「我希望你能把這件事當作我的請求聽進去。你就答應真由吧。」

「但我覺得那只是在開玩笑吧。那種事——」

「真是的!」

禮奈輕輕捏了我的臉頰。

雖然完全不會痛，但相對的就只有那帶著風韻的指尖觸感傳了過來。

「姆嘎！」

「知道了嗎？」

……去跟其他女人體驗交往這種句子，會用這麼燦爛的笑容說出口嗎？

她露出像在探視我一般由下往上看的眼神，與此同時說話的語氣彷彿確信我會點頭答應似的。

「……這樣好嗎？」

「我都在拜託你了。」

無論我會怎麼答覆體驗交往這件事，志乃原還是會跑來我家。我本來打算到時候再明確拒絕她。

照志乃原的個性來說，只要把話說白了，她也絕對不會硬是跨越那條勉強拉出的底線。她就是能理解跟我之間的距離感，這樣才有辦法構築我們之間令人費解的關係。

「悠太，我是在拜託你。」

「好啦，我知道了。」

說不過她，我只能舉雙手投降。

倫理觀念明顯有缺失的這項體驗交往的提案。即使如此，也不是要高調地公諸於世。如果只是一段短暫的期間，應該也不會發生多麼令人傷腦筋的事吧。

「所以說，禮奈是賭了什麼？」

我這麼一問，禮奈便走向道路一旁的垃圾桶，將包裝紙丟掉。我也跟著她走向垃圾桶。

「祕密！」

看著禮奈的背影聽見了這個回答。

在那開朗的語氣之中，似乎摻雜了不一樣的情感。

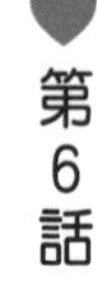

第6話　葉櫻

「……真的假的。」

在禮奈鼓勵我跟志乃原體驗交往的兩天後。

我看著體溫計，伴隨著嘆息這麼喃喃道。

——38・2度。

光是從渾身無力的感覺就能明顯得知現在身體狀況不太好。

一旦產生這樣的自覺，比剛才還更難受好幾倍的感覺便隨之襲來。

當自己難得在鬧鐘響之前就清醒的那個瞬間，我就有了不好的預感。昨天晚上在影音平台觀看現在蔚為話題的動畫，一直看到半夜三點才睡。

然而卻在早上七點醒來，這對於平常盡可能想多睡一下的我來說十分罕見。

勉強讓身體保持直立，我姑且先下了床並站起身來。

現在的時間是七點二十分。今天的課是從第二堂開始，距離出門的時間還有兩小時左右的餘裕。

「……不不不，應該要繼續睡吧，這樣根本沒辦法上課……」

虛弱地吐槽了自己的想法之後，再次倒回床上。

今天有三堂都是這學期第一次上課，看來全都無法出席了。豈止如此，燒到這種程度，明天有沒有辦法去大學上課都還是未知數。

幸好很少有課會在春假剛結束的第一週就點名。主要原因是學生加退選期間尚未結束。話雖如此，我還是無法抄到筆記。

升上了大三，我才想要盡量去上課，沒想到身體就不舒服了。

一邊覺得實在很背，一邊滑起智慧型手機。聯絡對象是彩華。

『抱歉，我發燒了。請幫我抄筆記麻煩您了。』

……不知道她會不會相信我。

就字面上看來，就算她覺得我只是跟平常一樣想睡回籠覺也不奇怪。雖然這也是我平時的舉止所帶來的後果，但唯有今天希望她能相信我。

我將手機放在枕頭旁邊，緩緩地鑽進被窩。

發現自己發燒並躺下來之後，身體陷入了被加諸了好幾倍重力的錯覺之中。

一個人外宿有很多優點，也很合乎我的性情。

但身體不舒服的時候就另當別論了。

「有夠難受……可惡。」

不禁脫口的話傳入耳中。聲音沙啞到好像不是自己的一樣。

——說不定這是我身體第一次在春天出狀況。

茫然地在腦中這麼想著，我很快地就沉沉睡去。

◇◆

再次清醒時，不只覺得渾身無力，頭也開始痛了起來。

雖然不至於太過嚴重，但還是讓我覺得更加難受。

為了滋潤乾渴的喉嚨，我緩緩地撐起上半身。

照我現在的體力實在很想繼續躺著，但對於發燒的病人來說，有沒有補充水分可是攸關生死。

我慢吞吞地走向冰箱，好不容易才打開冰箱門。

「……真的假的……」

冰箱裡有一瓶容量兩公升的寶特瓶。然而裡面的水頂多只剩下兩三口而已。

可以看見裡面還有幾瓶罐裝啤酒，但在這種身體狀況下根本不可能飲酒。

儘管只要喝自來水就沒事了，但想喝杯冷水還要先煮沸再放涼，十分費事。

然而考慮到現在的身體狀況，應該很難再跑去最近的便利商店買礦泉水。

……到頭來，直接喝自來水還是最輕鬆。

因為擔心有衛生方面的問題，一直以來盡量避免直接喝，但在這種身體狀況下，也顧不了那麼多了。

將水注入杯中，並送進嘴裡。

溫溫的水流進喉嚨，不至於像我之前擔心的那麼難喝。

跟冷水相比，喝下去的感覺難免糟糕許多，但那也是一種奢望吧。

由於平常沒有買東西囤著的習慣，冷凍庫裡幾乎沒有什麼食物。照這狀況看來，傍晚得出門去買才行，但在這樣的身體狀況下，我覺得實在有點煎熬。

——當我想著這樣的事情時……

叮咚——

聽見門鈴的聲音，我便朝著玄關看去。

志乃原說過今天有美髮模特兒的工作，因此來者應該不太可能是那個小惡魔學妹。

但我也不記得有訂購什麼東西請宅配送來。

這下子上門的要是什麼推銷員，看是要怎麼補償我。一邊這麼想著，我走向玄關。

用孱弱的力道開門之後，我嚇得往後退了一步。

「早啊。你這是什麼反應啊。」

——站在眼前的人，是我的摯友彩華。

彩華皺起臉，對我做出的舉動感到很不滿。

「妳怎麼會來這裡？」

「是你說自己發燒了吧？」

彩華這麼說著，抬起掛在手肘上的超市購物袋給我看。

裡面裝有一點食材、果凍飲還有礦泉水之類的東西。

「我可以進去嗎？這袋東西還滿重的。」

「啊，好。呃，妳等一下，我家很亂——」

我這麼說完就轉過身去。

印象中，彩華只來過我家幾次而已。

而且那幾次也只到玄關，有進到家裡時都是事先就約好了，因此她只看過我家整齊的樣子。

最近應該有仔細打掃過，但心裡留有一點愛面子的心情，想讓她看到整齊的家，因此以防萬一我還是環視了一圈做確認。

「哦，滿整齊的嘛。」

「唔喔啊！」

她的聲音從正後方傳來，這讓我的身體向前彎曲。

這個瞬間，不知道是貧血還是什麼原因，只覺得一陣暈眩。一隻腳絆到之後，比平常還要虛弱的身體很容易就倒向一邊。

「等等！」

彩華為了不讓我跌倒，伸手撐住了我的脖子後方。

然而，我們是一男一女。

在體重差距之下，兩人最後都倒在床上。

我在下面，彩華在上面。

她白皙的脖子，就近在我眼睛跟鼻子的前方。

「欸。一般來說應該相反吧。」

「……對啊。我剛才也這麼想。」

從旁看來就像被她推倒般的光景，讓我的嘴角抖了一下。

彩華的臉近在眼睛跟鼻子前方，我幾乎沒在這麼近的距離下見過她的樣子。

纖長的睫毛看起來就像帶著水氣般濕潤，這樣的錯覺讓我的心跳漏了一拍。

「未免看太過頭了。」

這麼低語之後，彩華就從我身上離開，並站起身來。她起來的時候，剛好可以從上衣瞥見她的胸口，我不禁緊緊閉上雙眼。

「啊，抱歉。你看到了？」

黑暗中，可以聽見彩華這麼問的聲音。畢竟是不小心的，她的語氣中完全不帶怒氣。

「距、距離那麼近還要我不准看也太強人所難。」

「不過是看到內衣而已，有什麼好動搖的啊？」

「有哪個男人在看到妳的內衣還能不動搖的，妳現在立刻把他叫來這裡。」

「……你在旅館明明就看到更猛的了。」

聽到這句話，我立刻睜大眼睛。

「我才沒看！」

彩華看著瀕死狀態的我發出的抗議，似乎覺得很有趣地揚起了笑。

「是啊，所以我才會放心地穿著寬鬆的衣服就跑來這裡了。看樣子你還有精神抗議，我也安心了。」

看來剛才那是在測試我多有精神的發言。

我一口氣便氣力盡失，將頭躺上了枕頭。

「不要試探病人好嗎……」

「抱歉、抱歉。我立刻就向你賠罪啦。」

彩華乾脆地道歉之後，便走向廚房。

她打開吊櫃，看著收在裡面的東西。

光是從她的背影也能看出彩華的好身材。但現在也因為身體不舒服的關係，不像去溫泉旅行那時一樣產生雜念。

比起那種事情，在身心疲弱的狀況下，有彩華在身邊的安心感更加強烈。

平常幾乎很少找她來家裡，卻讓我產生這樣的心情，肯定是因為我們之間有著累積至今的過去。

「……謝謝妳來探病。」

我悄聲呢喃，彩華轉過身看向我。

她用髮圈將頭髮綁成一束，並輕聲笑了。

「你一開始就該這樣說。」

……也是。

一看到人家劈頭就問「怎麼會來這裡」，對方會擺著一張臭臉也是無可厚非。

邊聽著彩華替我煮東西的聲音，我靜靜地閉上了眼睛。

◇◆

清粥的氣味竄入鼻腔，我也睜開了雙眼。

猶如直接刺激腦內的刺痛感讓我皺著臉，撐起上半身。

「嗯？你起來啦。」

彩華平靜的語調從床邊傳來，我垂下視線看過去。

「我睡多久了？」

「二十分鐘左右。我反而覺得真虧你起得來，身體應該很不舒服吧。」

靠在床邊坐著的彩華，沒有轉頭看向我，就這麼回應。

她雙手捧著應該是從書櫃裡拿出來的漫畫，在我起來之前她都在看吧。

話說回來，我完全不記得自己是什麼時候沉眠的。

好像幾乎是看到彩華站在廚房的同時就睡著了。

認識彩華至今，這還是她第一次來我家替我煮飯。即使如此，我卻能跟平常一樣沉沉入睡，不知道是因為身體不舒服，還是基於安心感。又或是——

「那我走囉。」

「咦？」

發出傻憨的聲音之後，我的目光隨著站起身的彩華追了上去。

彩華回過頭，在看到我的表情後一臉費解地稍微歪過頭。

「你幹嘛露出奇怪的表情啊？」

「不……呃，沒事。」

為了甩開在轉瞬間掠過腦內的想法，我猛地搖了搖頭。

「我現在有請朋友幫我抄筆記。雖然已經來不及去上課了，但這時間離開的話，午休時間應該可以跟朋友會合。」

「喔，真是抱歉。真的很謝謝妳來。」

我說著「真是幫了大忙」，並雙手合十向她道謝。

光是可以不用出門買東西就幫了我很大的忙，她還做了好入口的東西給我吃，更是一大人情。

我這樣告訴像是會不經意脫口而出的自己，但這時彩華垂下眉睫。

「……看你一臉寂寞的樣子。」

「唔！」

……一個人外宿加上身體不舒服的時候，最先會被擊垮的就是精神層面。平常總是宣揚著獨處是最棒的空間，但就只有這種時候會感到很煎熬。說來難堪，但彩華說得沒錯。

「那我至少在這裡陪你到吃完飯吧。而且也剛好有事情想問你。」

彩華淺淺地嘆了一口氣之後，將座墊放到矮桌前，緩緩地坐了下來。

被看穿內心想法讓我覺得很難為情，總覺得臉都紅了起來。康復之後絕對會被她拿來捉弄。

「身體不舒服的時候就是會這樣。」

當我說了這種藉口，沒想到彩華回應我的聲音卻很溫柔。

「這也不是什麼丟臉的事。我感冒的時候也是這樣啊。」

「妳也是？」

「對啊。但我不會去思考任何事情，一直看漫畫之類轉換心情。」

彩華這麼說完，用手指在矮桌上輕輕敲了兩下。她細長的手指前方擺著一碗清粥，熱氣還冉冉地飄盪著。

她的意思應該是要我趁著還沒冷掉前趕快吃吧。

我移動到矮桌前，在彩華的對面坐了下來。

「請慢用。」

「真的、真的很感謝妳……我開動了。」

我在低頭道謝的同時招呼了一聲，接著就用湯匙舀起粥。從湯匙上滿溢出的飯粒，散發出跟我平常在吃的飯截然不同的光輝。

「我家沒有煮好的飯耶，妳這是用微波白飯做的嗎？」

「我不覺得身體不舒服的你會煮飯，所以就從家裡用保鮮盒裝了一些帶過來。」

彩華若無其事地這麼說著，將雙膝靠上矮桌。

一想到被她一直緊盯著看，我就有點難以入口。

「……快點吃啊。」

「……妳是加了什麼？」

我這麼一問，彩華便睜大雙眼笑了出來。

「笨蛋，我才不會對病人做那種事呢。」

「也、也是喔。那我就不客氣了——」

一口清粥送進嘴裡，心底深處馬上就湧上了一股幸福的感覺。就連因為感冒而變得駑鈍的味覺也能鮮明地嚐出剛剛好的鹹味。這讓我切身感受到因為出汗而流失的鹽分漸漸受到了補給。

我先放下湯匙，接著開口驚呼：

「太好吃了……」

聽我這麼說，彩華應了一句「是喔」並點點頭，才接著說了下去。

「太好了，這還是我第一次煮粥給家人以外的人吃，所以覺得有點不安呢。」

「不，這真的很好吃。我要是身體沒有不舒服，絕對會再來一碗。」

「你要是身體沒有不舒服，我也不會煮粥給你吃好嗎。」

這個回答太有道理，讓我不禁笑了出來。

我當然非常不想生病，但既然能演變成這樣的狀況，讓我感覺得到了一點回報。

大學裡應該有喜歡彩華的人，對他們來說，如果知道她會煮粥給病人吃，說不定還會爭先恐後地想要感冒。

那月所說的「身邊的人都對我很好」這句話，我現在有了更深刻的感受。

在這段大學生活當中，我完全沒有表現特別突出的一面。頂多只有籃球打得還行，但這跟我們堪稱強校的籃球校隊相比，也相形見絀。

跟彩華累積至今的關係，是由過去發生的那些事情所形成的，這點無庸置疑。

但彩華也不是只因為過去發生過那些事，就會跑來家裡的那種濫好人。

正因為我們「現在」也很要好，她才會像這樣來探病。

這個事實讓我更加感到安心不已，不禁依賴她。

當我的視線從清粥瞥向彩華時，只見她又繼續看起漫畫了。

這讓我回想起志乃原也完全一樣被這部漫畫吸引。

畢竟這是最近很熱門的話題，任誰都會喜歡這部作品吧。

幾秒後，彩華注意到我的視線並眨了眨眼。

「吃完了？」

「多謝招待。」

我深深低頭道謝。

粥裡面的波菜跟蛋加得恰到好處，感覺光是吃完這一碗，好像整個人都康復了一樣。

這下子在康復後，感覺會被敲上一大筆謝禮。

「不客氣。至於回禮嘛，我想想……」

彩華環視了我家一圈。

我就知道。

究竟會是高價位午餐，還是之前去過的自助餐廳呢？還是說，她像這樣環視我家，是不是代表……

「你可以跟我說嗎？有人很常來這個家吧。」

——這間套房降下一陣沉默。

時鐘指針前進的聲音，聽起來都格外響亮。

我不禁眨了眨眼幾次，並重複一次向她回問道：

「有人？」

彩華向這麼問的我點了點頭之後，將空碗拿去廚房。

水槽裡響起流水的聲音。

「你不會做家事的這點小事，我清楚得很。」

手中緊抓著海綿洗碗的同時，彩華這麼說道。

「碗讓我來洗就好了。」

我一站起身，彩華立刻就說著「不用」並拒絕了。

那聲音聽起來比平常還要尖銳。

「你坐著吧。這點事我來幫你做就好。」

「但是——」

「要是讓你這個病人幫忙，才是有損我的顏面。你坐著吧。」

……既然她話都說到這個份上，我也只能坐下了。

我不甘願地在廚房附近坐了下來，遠看著彩華的側臉。

彩華帶著認真的眼神，動作俐落地洗去餐具上的髒汙。彩華自己好像也在猶疑該怎麼把話接下去才好，沉默不語的時間就這麼持續了好一陣子。

我知道彩華等一下會提及什麼話題，但我想不到屆時該怎麼做出回應。思緒比平常還要不靈光的腦袋，在在告訴我光想也沒有用。

自家響起的流水聲最後也變得斷斷續續，並在幾分鐘後停了下來。

「……謝謝。」

聽我這麼道謝，彩華朝我這邊瞥了一眼，苦笑著說：「你是坐在哪裡啊。」

接著她先離開廚房，走到床邊。

我朝著她的背影開口說：

「再怎麼說，我在這邊悠哉地休息也會感到很抱歉。」

「換作平常倒也沒差。但真的沒關係喔，你在發燒吧？」

「是有在燒啦。」

我這麼回答之後，彩華就應了一句：「你看吧。」

彩華撿起滾到床邊的抱枕，朝我丟了過來。

伸出去的雙手就被包覆在柔軟的觸感之中。

「謝啦。」

「不客氣。那麼，我們就繼續說下去吧。」

彩華再次站到廚房，將碗上的水滴擦乾淨之後，她打開了某個位在膝蓋下方的櫃子。

——那裡收著擺放整齊的碗盤。

為了便於整理，一些漂亮的器具都收在那裡，但連我都覺得要主張那些全是自己的東西實在有點牽強。

廚房周遭早就化為志乃原的領域，櫃子裡之類的地方，更擺放著我沒看過的器具。

「這絕對不是你的東西吧。」

「那是……」

說真的，我想不到任何辯解。

不如說，我甚至覺得現在還是坦白說出來比較好。

畢竟彩華跟志乃原之間的關係不是很好，或許我是該多少顧慮一下，但我也覺得說些一聽就知道是謊言的話還比較糟糕。而且就算我說了巧妙的謊言，應該也瞞不過彩華吧。

當然我也完全沒有自信可以在現在的身體狀況下，接連說出那麼巧妙的話。

「你就說是媽媽的東西吧。但如果還有其他可以讓我接受的回答，你就說吧。」

拿掉髮圈，髮型回到原本模樣的彩華朝我靠了過來。

「來，請說。」

彩華的視線緊盯著我。我們的距離靠近到只要仔細凝視，甚至能夠看到她根根分明的纖長睫毛。

我稍微將上半身往後退了一些，並從彩華身上移開視線。

她會怎麼看待志乃原泡在我家的事實呢？

我也沒有在跟彩華交往，因此其實我也沒必要為此懷有罪惡感。

或許我們之間並不是那種會出言干涉彼此朋友圈的關係。

但要是以情感論來思考，彩華聽見這件事，心情確實不會好到哪裡去。

既然都這麼清楚了，我還能說出真正的回答嗎？

「說不出口嗎？」

彩華語氣平靜地問道。她現在的表情，讓我覺得似曾相識。我記得那是個青澀的春日。

在放學後的教室共度了好幾個日子，只屬於我們倆的那個空間。正因為不用顧及任何表面工夫，我們才會有這麼深的交情。

——老實說好了。

我下定決心了。

如果這就是她為我煮清粥的代價，那麼彩華應該也希望我能老實回答。

「就是——」

我深深吸了一口氣之後，彩華的手忽然間就伸了過來。

她用纖細的手指捏了捏我的臉頰。

「吶。你就算說謊也沒關係喔。」

「咦？」

「我剛才說了吧。只要是說得通的理由就好了。」

「那、那不就沒意義了。」

「有啊。至少我能接受。」

彩華的眼中不見捉弄我的神色。

剛才彩華說的這番話，可以解讀成她希望我給出虛假的回答。

……這讓我感到很意外。

正因為不用顧及任何表面工夫，我們才有辦法相處至今。我接受彩華最真實的樣貌，而彩華也接受最真實的我，才會有現在的我們。

但是，彩華卻說我對她說謊也沒關係。

難道志乃原常來我家這件事，對她來說就是那麼難以接受嗎──即使如此。

我們確實是接受了最真實的彼此。然而，我們並非徹底了解對方的一切也是事實。

不知道的部分，不知道也沒關係。曾幾何時，我應該做出了這個結論才是。我也對彩華說過，會等到她總有一天親口告訴我為止。

這就代表要維持現在這樣令人舒坦的關係。那趟溫泉旅行時，我也選擇了同樣的回答。

我兩次都是選擇了維持現狀的回答。

正因為如此，說不定彩華也沒有想要知道她不了解我的那一部分。

這關係從旁人眼光看來很扭曲。我自知對他人來說，終究會被這樣看待。

但只要身為當事人的我們理解這點就好了。

……我一直都是這樣想。

然而我們之間的關係，卻比過去的自己所想的還要更加——

「欸。」

我回過神來一抬起臉，就看到彩華露出不解的表情。這時我才發覺自己的額頭上都沁出了汗水。

總覺得剛才想了又想的這番思緒，無法得出一個結論來。

「你還好嗎？」

彩華這麼說著，並用袖子替我擦去汗水。

我的眼角餘光看見弄濕她袖口的汗水，下意識地閉上了雙眼。

見到我這副模樣，彩華稍微笑了笑，再次向我問道：

「讓我聽聽你的回答吧。」

如果她是真的想聽到虛假的回答，像這樣慎重其事地在這個狀況詢問只會帶來反效果。

我並不是一個機靈到有辦法在這種氣氛下說出巧妙謊言的人，更何況還是在彩華面前。要說謊的話，想必會變成有些不自然的對話。

即使如此，既然彩華自己是這麼期望，那也沒辦法了。

「我爸媽……偶爾會來看看我。東西收得這麼整齊，大概就是多虧於此吧。」

「這樣啊，你爸媽真好。」

彩華簡短地回應了我顯而易見的謊言之後，便站起身來。

「那我走囉。」

「這樣真的好嗎？」

「……我也不知道。不過今天就這樣——放過你吧！」

「噗！」

彩華撿起第二個抱枕朝我飛了過來，並直擊我的臉。

雖然是突如其來的攻擊，但那根本不是我能避開的速度。

「妳剛才自己說過我是病人吧！」

「啊哈哈，看你這麼有精神，應該馬上就會康復了吧。」

彩華這麼說著，一邊穿上咖啡色的春季風衣。

我緩緩地站起身，跟著彩華走向玄關。

「你是病人耶，繼續睡吧。」

「妳哪張嘴好意思這樣講。」

「這張嘴啊，這張嘴。迷倒成千上萬人的這對嘴唇喔。」

「哇——好棒棒——」

「好，我決定了，康復之後我要痛扁你一頓。」

我呆板的回應讓彩華握拳輕輕打向大門。照彩華的個性來說感覺就言之必行。

「……哦。我來的時候還沒發現，但這裡看得到櫻花耶。」

走出玄關的彩華對於眼前一大片景觀開口這麼說。

距離公寓走道的幾公尺外，有好幾棵櫻花樹種成一排。

盛開的時候，這裡的景色會漂亮到就連對花卉不太感興趣的我，心情也不禁高昂起來。

不過現在樹上已經摻雜了一些綠葉，櫻花也開始凋落了。

「早知道在盛開的時候來就好了。」

「那時候我還精神飽滿的呢。」

「這倒是。」

彩華輕聲笑了笑，就用手指彈了一下我的額頭。

額頭發出咚的一聲，被打到的地方也漸漸熱了起來。

「呵呵。不知為何，我就是莫名想看看你這樣的表情。」

「痛死了。」

「什麼鬼啊。」

我傻眼地這麼說，彩華也緩緩地走了出去。

「謝謝妳來看我喔。」

我從她身後這麼搭話，彩華轉過身來面對我。

接著留下一句「多保重喔」，彩華離開了這棟公寓。

我注視著彩華漸漸走遠的背影，同時揪緊了衣袖。

——這樣就好。現在這樣就好。

如果在跨越朋友這道高牆之後所看見的景色，就是現在這樣摯友的關係。

若是在跨越摯友這道高牆之後還有一片景色，那也是不言而喻。

然而跨越這道高牆的舉動，不一定會讓現在的關係更加昇華。既沒有這樣的保證，也沒有人可以保證。

所以我才會不斷反覆地在這個迴圈思考著。

在跨越摯友這道高牆之後的彩華，還會跟平常一樣笑容滿面嗎？還會跟現在一樣，陪伴在我身邊嗎？

一陣以春天來說帶著涼意的風打在我身上，我立刻回到自己家中。
只剩下自己一個人的家裡，總覺得比平常還要更加寂寥。

第7話　洋館約會

嗶嗶嗶嗶嗶！

提出體驗交往那件事後的隔週中午。

對講機被人狂按，我在鈴聲響完之前就接起了話筒。

果不其然，螢幕上出現了志乃原的身影。

這個小惡魔學妹發現無論按下門鈴多少次都沒有聲音響起，因而露出費解的表情。

「喂，幹嘛？」

志乃原對於我粗魯的語氣做出反應，並鼓起臉頰。

『學長！也太凶了吧！』

「抱歉。掰掰。」

『啊，等等——』

沒去搭理好像還想說些什麼的志乃原，我逕自按掉通話按鈕。

結果對講機再次響起，螢幕也跟著亮了起來。

這次是一把綁著雪豹鑰匙圈的鑰匙填滿了整個畫面。

『學長，我現在手中有你家鑰匙喔。』

她應該是想表達自己隨時都能開門吧。

我嘆了一口氣，發出毫無起伏的聲音。

「妳啊，這算是滿危險的界線喔。」

『我當然知道，所以只有留作威脅用而已啊。』

「妳也知道這是在威脅喔！是說……我現在正要吃午餐。不過沒有妳的份喔，沒問題嗎？」

『能不能先讓我進去再說啊！』

「咦——」

『學長，今天我帶來的伴手禮是GODIVA的巧克力。』

「這樣啊，妳自己開門吧。」

悲傷的是，獨自生活的我無法抗拒高級巧克力的魅力。

聽見鑰匙開門的聲音，隨後志乃原輕快的語調也傳了進來。

「學長——可以打擾一下嗎？」

「GODIVA！」

「OK喔——」

我隨便做出回應，與此同時，玄關的門也跟著關上了。

終於現身的志乃原穿著淡粉色的針織衫，而且很難得地戴著一對玫瑰金的耳環。

我不禁感到有些怦然心動，這都是基於男人的目光會追著搖晃的東西跑的這項本能。

「來，學長，這星期也請多指教了。」

這麼說著，志乃原將帶有高級感的購物提袋遞到我手上。裡面真的放有GODIVA的巧克力，讓我不禁「唔喔——！」地發出感嘆。

高級巧克力這種東西，幾乎是跟獨自外宿的男大學生無緣的存在。

扣掉生活費之後能夠自由運用的錢，大多都會變成沒什麼意義的東西。

在跟禮奈交往之前都是用在手遊課金，而且幾乎都化為烏有。要是當時那些錢有留到現在，就能做更多事情了，但哀嘆這些也無濟於事。

現在最重要的問題，就只有我完全被這個巧克力收買的難堪事實而已。

「但既然是這麼令人開心的東西也沒辦法嘛！」

「這樣就能讓學長維持一星期的好心情，那也值得了。」

「我真的是自己踏入妳的圈套耶。」

偶爾會帶這種令人開心的伴手禮來，就是志乃原聰明的地方了。只要不是我特別想睡的時候，都會忍不住容許她進到家裡來。

「學長，今天是星期六，你不用打工之類的嗎？」

「今天沒有耶。我會悠哉地ＧＯＤＩＶＡ一下。」

「才沒有那種動詞呢……」

志乃原用有些傻眼的語氣回應了之後，繼續說下去：

「那麼學長，關於體驗交往那件事，你考慮好了嗎？」

「喔，好啊。」

「我想也是呢～那天回家之後我仔細想了想，不禁覺得自己真是做了相當亂來的要求，也有好好反省一番了。我總不能輕忽學長的心情——」

「我說好啊。」

「輕、輕忽……咦？」

志乃原眨了眨眼，開始揮舞起雙手。

「請你早點說好嗎，害我講了一大串打死不服輸的話！」

「我早就講了！」

禮奈都拜託我兩次了。雖然直到最後我還是有些迷惘，既然都答應了那也沒辦法。

沒想到志乃原這個當事人預想我會拒絕，而且也已經接受這一點的樣子，說不定我剛才答應體驗交往是做了錯誤的選擇。

要是我拒絕就能讓這件事圓滿落幕，那才是最好的結果吧。

「我看還是不——」

「可不能現在還說不要喔。我已經得到你的口頭承諾了。」

「我的人權到哪去了？」

「這就是禍從口出喔！……誰是災禍啊！」

「不要自己吐槽自己好嗎！」

我這麼一喊，志乃原咯咯笑了起來。

「那麼，就這樣說定了吧。我有很多事情想跟學長確認喔。」

「妳是想確認什麼？」

我這麼問，也多少察覺到志乃原的回答會是什麼了。

同時也已經感受到體驗交往的期間會有多疲憊。

「就是啊——」

志乃原一說完就坐了下來。這時，我不小心瞥見了她的胸口。畢竟是春裝，一件像是黑色小可愛的衣物進到我的視野，這讓我不禁撇開了視線。

這絕對不是幸運事件。因為——

「學長，今天看到也沒關係喔。因為，我現在是你的女朋友啊！」

「少囉嗦，不要靠過來。」

「這是言語暴力！」

這種若隱若現全都是經過縝密計算的穿搭法。

既然是以會被人看見為前提而穿的內衣，志乃原本身應該不會因此感到害臊才是。男生喜歡的終究是真正的內衣，是看了會惹女生生氣的那種東西。

「妳能不能向真正的內衣道歉啊？」

「我不太懂你是什麼意思耶。這也沒關係吧，反正我在抵達這裡之前，都還有再穿一件針織外套。」

「咦，但那是可以給人看的內衣吧？」

我的目光緊盯著平板，這麼回問道。平板上正無聲地顯示出我直到剛才都還在收看的格鬥技比賽。

「這是給學長看的內衣喔，並不是任何人都可以看的。不過在那底下也確實有穿著真正的內衣……這邊的你也要看嗎？」

「小心我把妳趕出去。」

「也是呢～～」

我的回答似乎一如她的預測，只見她瞇起了雙眼，一臉懷念的樣子。

「曾幾何時，我們共度春宵時你也說過一樣的話呢。」

「是這樣沒錯，但妳那說法有點語病喔。」

志乃原第一次在這個家過夜，是在一月下旬左右。我就是在那天晚上接到禮奈的電話，說她「沒有劈腿」，當時的事直到現在記憶猶新。

現在跟當時所處的狀況有了很大的變化。

而我對於志乃原的感情也有所改變。

「我跟學長也已經認識半年左右了呢。」

「喔，妳穿聖誕裝那件事吧。」

說到這裡，我的嘴角也跟著揚起。

我本來是打算拿這件事稍微鬧她一下，然而志乃原出乎預料地露出得意洋洋的表情。

「我穿起那套服裝很好看吧。一般人應該不像我穿得那麼有模有樣呢。」

「這麼說來妳就是這種傢伙呢……」

「你、你這樣講感覺很失禮耶！」

志乃原露出心懷不滿的表情。

我隨口說著「抱歉抱歉」這樣道歉了兩句，接著嘆了一口氣。

「也就是說，妳想跟一個不用多加顧慮的人，體驗一次情侶般的事情對吧。」

「沒錯。跟遊動學長那時不同，這次學長也已經接受這個原委，所以我想事情應該不會弄得莫名複雜！」

「就算不會，想法正常的人才不會答應體驗交往這種事。」

體驗交往這個詞本身確實有機會在漫畫之類的地方看到，但如果過著正經的大學生活，沒見過有人實際上真的這麼做。因為彼此雙親的關係而不得不體驗交往的這種狀況是常在漫畫之類的地方看到，但那種事情在現實生活中不太可能發生。

至少像我這樣平凡的人，肯定完全不會跟這種事有所牽扯。

「說不定也有想法正常的人會去體驗交往喔。」

「哪有這種人啊。我們都已經幾乎算個大人了喔。」

漫畫之類的劇情當中，會出現體驗交往這種概念的故事背景幾乎都在國中或高中。那正是因為處於國高中生這個欠缺自我決定能力的年紀，像是體驗交往這種曖昧的關係才得以成立，而我們已經到了凡事都得自己決定的年紀，很明顯就不適合我們。

不同於國高中生，說到大學生的體驗交往能聯想到的就只有糜爛的關係而已吧。

我將這樣的想法完整說出來之後，志乃原卻一笑置之。

「不如說正是自我決定能力有所提升，才會想到體驗交往這種概念。」

「為什麼啊？怎麼會這麼想？」

自己的主張被一笑置之，讓我覺得有些惱火地這麼問道。志乃原面對我這樣的態度也是無動於衷，只見她豎起了食指。

「積極參與聯誼活動的人，在相親時不是會理所當然地跟好幾個人體驗交往嗎？就算在那當中有幾個不錯的對象，最後還是只能選擇一個人才可以。就某種意義來說，體驗交往可以強迫人做出最嚴謹的選擇。」

「……這些知識是從哪裡學來的？」

「…………戀愛節目。」

陷入短暫的沉默之中。

我跟志乃原面面相覷，後來志乃原的視線漸漸地撇向一旁。

「我們還是學生吧！」

「學、學生也能結婚啊！不對，我的意思不是想和學長結婚！」

志乃原嚷嚷著這種沒禮貌的話。這種時候就算是謊言，好歹也該說點正面的意見吧。不對，如果她真的那樣說了，我確實會因此感到傷腦筋，但無論如何我都無法釋懷。

因為她所說的比我預料得還更合乎情理，害我差點就要認同了，但既然我們都還是學生，就不符合志乃原所說的那種狀況。

「大學生的體驗交往還是太不檢點了吧。」

「學長～～拜託你嘛，各種事情體驗一點就好，真的。」

志乃原雙手合十，緩緩地抬起了眼神看向我。看見這樣心機滿點的表情，我輕輕地彈了一下她的額頭。

「這是家庭內暴力……」

「咦，這樣就算？」

「不想被告的話就請跟我交往！」

「結果還不是用威脅的！」

我這麼回應著，又有種不太對勁的感覺。

志乃原散發出的氛圍，果然還是跟平常不一樣。或許是我多想了，但也說不定她真的想對我傳達些什麼。

不過我有點難以想像有什麼事是非得透過體驗交往才能傳達。

無論如何，照平常那樣相處卻還是難以坦言的事情，也讓我感到有些寂寞。

「我有做些什麼像是年長者會做的事嗎？」

無意間對此感到有點在意，我這麼一問，志乃原立刻揚起了嘴角。

「有喔，現在也偶爾會表現出來。我只是沒有做出明顯反應而已，其實偶爾會因此心動一下。」

「真的嗎？」

「呃，嗯。也不能否認有這樣的可能。」

「妳不用勉強自己幫我圓場，這樣反而更難過。」

不恰當的圓場反而會傷到人。她那迂迴的回應就像要體現出這點似的，讓我感到洩氣。

「不然，總之先交往一天吧。」

「一星期啦～」

「沒辦法！」

我沒有任何遲疑地搖了搖頭。就算是現在的我跟志乃原，也不曾一整個星期都相處在一起。志乃原一星期當中最少也有兩三天不會來我家，但要是她來家裡的次數比現在更頻繁的話，也可能會形成一種壓力。

我覺得現狀對彼此來說都很剛好，保持著一種絕妙的平衡。

「沒辦法一整個星期都在一起。」

我再次這麼說了之後，志乃原便回說：「也不用講這麼多次吧。」並噘起了嘴。

——其實，還有另一個原因。

現在的我，對志乃原沒有抱持戀愛情感。確實是不同於對待一般學妹的感情，但我還沒辦法用言語形容。

即使如此，要是共同度過一星期這樣緊密的時間，這份感情說不定會產生變化。

如果是一般男生，無論那會不會發展成戀愛，抑或會如何發展應該都沒關係。不如說可以跟志乃原這樣的學妹交往，對男生來說肯定足以自豪。

但對我來說，而且尤其是現在，我不得不去想，要對志乃原抱持戀愛情感還太早了。

我才剛跟禮奈重新開始而已。

雖然這次也是基於禮奈本人的要求，才會發展成體驗交往這種狀況，但我也自知這本來就是一件不可能的事。

事情似乎一步步發展下去了，但就算有點勉強，我說不定也應該要拒絕到底才對。現在這個環境會尊重我的意見。然而要是習慣了這點，我的思考模式可能又會下意識變成以自我為中心了。

我總覺得這樣的變化會導致某種過錯，並讓我感到很害怕。

「這個不行，那個也沒辦法。既然這麼抗拒的話，就請給個替代方案嘛。畢竟只是一味否定的話，任誰都辦得到啊。」

「妳這樣說是沒錯，但我姑且是站在被妳請託的立場，妳對我生氣我會覺得很莫名。」

「我沒有生氣。只是在講些沒道理的事而已。」

「既然知道沒道理就不要鬧了！」

「啊哈哈——」

志乃原開心地笑了笑，接著像是靈光一閃地拍響了手。那道輕快的聲音在套房內響起。

「不然學長，先體驗一下體驗交往如何？」

「什麼意思啊？」

「今天先約會一天，覺得還不錯的話，就將體驗交往的期間拉長到一星期吧！」

「好啊。」

「這樣倒是答得很乾脆耶！」

志乃原表現出今天最震驚的樣子，大嗓門地這麼喊了一聲。

我之所以答應，是因為如此一來選擇權就會在我手上。

就算今天真的玩得非常開心，也只要找個理由拒絕就行了。

「你可是答應囉。」

「是啊，證據就在妳的記憶裡吧。」

「不，我有錄音。」

志乃原拿出智慧型手機遞到我的眼前。

畫面上大大顯示出麥克風的標記。

「妳、妳這個罪犯！」

「呵呵，學長，請你看仔細了。」

聽她這麼說我便定睛一看，只見錄音檔並沒有留下今天的日期。我不禁鬆了一口氣。

就算不可能流傳出去，不經意的發言有留下音檔的話，還是多多少少讓我感到抗拒。

「真是的，不要嚇我啊。那妳說有錄音之類的，都是玩笑話喔。」

「不，那是真的。只是這次來不及而已。」

「拜託妳說這是玩笑話吧！」

她本來就有打算錄音的這項事實還是沒有改變，這讓我嘆了一口氣。照今天的狀況看來，就算只有一天也很令人擔心。

「學長，你覺得就戀愛來說，一開始最重要的事情是什麼呢？」

「幹嘛突然問這個啊？又是從戀愛節目學來的知識嗎？」

「才、才不是呢！別鬧了，快點回答啦！」

……被我說中了吧。

從志乃原的反應看來應該錯不了，但我就不特別戳破這點了。

相對的，我想猜中這個答案，然而浮現在腦中的卻是個相當現實的回答。

「長相嗎？」

「對，還有錢吧。總之呢，我想說的是從我們這樣的年紀開始，大多戀愛都是會伴隨著各式各樣的條件。」

「啊──日子好難過。」

我之前也想過好幾次，但大學生的戀愛跟高中時相比，型態會顯得有些不同。而且出社會之後跟大學時的戀愛，又會有更大的隔閡了。

「不過人的內涵也跟那差不多，甚至更加重要對吧。只是確認這點的順序稍微往後延而已，要是個性合不來，也沒辦法交往下去。」

「也就是說，妳跟元坂其實也沒有那麼不合嗎？至少一開始是順利的。」

「就算是不熟悉戀愛的人，條件那種東西只要具備一定程度的常識，任誰都能判斷得出來。最難的就在於判斷一個人的內涵，而這就要靠戀愛的經驗值了。學長也會藉此累積跟我交往的經驗，活用在往後的交往上。當然我也是一樣。」

「喂──」

「不要吵！」

「突然凶什麼啊！」

我嚇了一跳，突然發出驚呼。

我看這大概又是從戀愛節目的街訪結果所引導出的論調吧，但這世上有多少人就有多少種戀愛觀，因此我不是很感興趣。

至少，如果是為了確認大眾意見是否正確而體驗交往的話，我是不太能提起勁來。我不想浪費自己的時間去做這件事。

我的時間就他人看來或許也沒什麼了不起的價值，但對我來說這是比任何事情都更該優先的事。

但與此同時，如果志乃原想確認自己的想法，我也想協助她。畢竟這是志乃原的請託。平常都沒展現出身為年長者的一面，讓我想透過這種突發的事情扳回一城。

而且剛才雖然沒有正面回應，但志乃原說得沒錯，這或許也能成為我的經驗值。

「我問妳。妳自己覺得在戀愛中最重要的事情是什麼？」

「咦，我覺得嗎？」

志乃原似乎沒有預料到問題會拋到自己身上，只見她發出驚訝的聲音。

「剛才妳說的那些是戀愛節目的結論吧。我只對妳自己的意見有興趣。如果是為了妳，要體驗交往也是完全沒問題。」

志乃原愣愣地張著嘴，我從床上站起身來。

「……為、為什麼要若無其事地說出那種令人害臊的話啊！變態！」

「才不變態。所以呢，妳的回答是什麼？」

我再問一次，志乃原先是低頭了幾秒鐘，這才抬起臉來。

「……我就是不知道，才會來拜託學長。」

「啊，是喔？」

我很乾脆地回應之後，志乃原眨了眨眼。

「你不會覺得很傻眼嗎？」

「不會啊。因為妳一開始就是這樣吧。」

她沒什麼戀愛經驗這點，在我們相遇那天我就知道了。

因為「想做些像是情侶會做的事」這樣一個理由，就交了第一個男朋友，結果被對方劈腿，很快就分手了。一般來說不太能碰上這麼令人印象深刻的戀愛經驗。

然而與此同時，也傳達出志乃原自己的笨拙，甚至會令人感到莞爾一笑。不過就她本人的立場來說，應該覺得很受不了吧。

「既然如此，而且只有一天的話，就交往看看吧。何況我也答應了。」

「哇——學長的倫理觀念不得了！」

「我看妳還是回去吧。」

「不好意思我騙你的，這只是在掩飾害羞而已，但我都給你看到這麼可愛的一面了，你就原諒我嘛，學長真的好過分怎麼可以這樣！」

「不要在五秒內就顛倒立場好嗎！為什麼說到最後是妳發飆啊！」

這讓我覺得像是遇到新的詐騙手法一樣。受到她的氣勢影響，我差點就要道歉了。

「我、我開玩笑的。不好意思，但掩飾害羞是真的喔。」

「喔，是喔。」

就算在這個時間點這樣講也完全無法信任她，但要是說出來，事情又會講不下去了。

我輕輕地嘆了一口氣之後，抓了抓後腦勺。

「那不然，總之現在就去約會吧。」

我這麼一說，志乃原先是眨了眨眼，接著靜止了一拍。

「——咦，已經要約會了？我今天沒有這個打算耶！」

「我今天一整天都有空啊……還是說，跟平常一樣從這個家裡出發，心情上會沒有變化嗎？」

我問了她後，志乃原用手指抵著小巧的下巴，一臉苦思的樣子。

「呃，我也不確定耶。確實約在某個地方碰面再一起行動的話感覺比較像約會，通常女生會比較憧憬這樣的模式。但也有人覺得交往久了，兩人一起從同一個家出發的感覺也很棒，不如說憧憬那種情境的人才——」

「志乃原比較喜歡哪一種？」

「我兩種都要！」

「我是要妳二選一！」

我做出這樣的回應，志乃原冷哼了一聲。

「有什麼關係，現在我們一起從家裡出發的話也能省去很多麻煩啊……請你不要讓我說出麻煩這種話好嗎！」

「怎麼，妳現在是很流行自己吐槽自己嗎？」

「可、可以的話請你不要這麼冷靜地指摘。所以說，你到底是ＹＥＳ還是ＯＫ？」

……看來是沒有替我準備否決權的樣子。

輕輕地嘆了一口氣，我無可奈何地開口說：

「ＯＫ——」

「沒問題！耶～～學長是我男朋友了！」

「妳的態度真的有夠輕浮耶！」

說是這麼說，但我心裡也湧上了一股想笑的感覺。志乃原真的是會透過態度毫無保留地傳達出自己的心情。尤其開心這種正面的情緒更是特別顯著。

「就真的很興奮嘛！我最喜歡第一次嘗試的事情了！」

志乃原咧嘴，露出潔白的牙齒笑著。或許是受到她這樣的態度感化，很不可思議地，我心中也湧上一股又一股的活動力。

——看來，我的個性也滿單純的。

以前在跟志乃原講話的時候，有時會覺得自己長大成人的過程中有些扭曲，並為此感到不安。但最近則是受到很好的刺激。我開始覺得，想必像志乃原這樣單純追求開心的事情，才會一點一點添加上人生的色彩。

雖然在極為接近大人的現在，有時也會因為對自己坦率而感到害怕就是了。

「反正機會難得，我們挑個平常不會去的地方吧。」

「好！」

——在志乃原面前，我一直都能當個小孩。也能回歸童心。就算以後出了社會，就算比起現在還要更以「體面」這個曖昧的準則度日，只要跟志乃原在一起，未來想必也是如此。

「那就走吧。」

穿上夾克之後，我將錢包塞進後方的口袋。

「總覺得今天的學長比平常還要可靠。」

「這就讓妳久違地見識見識我身為學長的一面吧。」

我這麼回應，並打開了玄關的大門。

結果志乃原就從我伸直的手臂下面鑽了出去。她的身體就像貓一樣柔軟。

「女朋友模式、女朋友模式！」

「不要講出來啊，真難為情……」

我走到外頭，並將門鎖上。背後感受到一陣柔和的溫暖。

「那麼學長，晚點見囉！」

「嗯，晚點見。」

志乃原咧嘴一笑，往最靠近的車站跑去。

當我看向走道時，志乃原的背影很快就越來越小了。

——我有多久沒有為了約會而出門了啊？

冷到刺骨的冬至季節已經結束，陽光的溫暖正包覆著全身。

從這些地方感受到季節的變化，我更向前踏出了一步。

◇◆

我們約好碰面的地點是之前就關注過的洋館「clubhouse」。

這是之前還在跟禮奈交往時，想著總有一天要帶她來的約會景點。

也是挑出來的幾個選項中，感覺志乃原會最開心的地方。

約好碰面的時間是下午一點。不但可以享用午餐，這時間我也覺得很剛好。

「人呢……」

我這麼喃喃道，垂眼看向手錶。

現在的時間是下午一點十分，約好的時間早就過了。

雖然從我家來到這裡是要搭電車的距離，但我有確實將地點用LINE傳送給她了，應該不至於迷路才對。而且她還比我早離開，現在卻還沒抵達實在太奇怪了。

我焦躁地打開LINE的聊天畫面，但她也沒有捎來聯繫。

仔細想想，自從去年平安夜以來，這是第一次跟志乃原約在大學校區之外的地方碰面。

那時她也很準時抵達了，不知道現在會不會是發生了什麼狀況。

這樣不安的想法掠過腦海時，一道像是要吹散不安似的開朗聲音叫住了我。

「學長——！」

這要是在山谷間，應該會傳出響亮的回音吧。

然而這裡不但是平地，志乃原的聲音穿透過來，幾個走在路上的情侶還回頭看了一眼。

「學長，讓你久等了！你等很久了嗎？」

「吵死了安靜點！」

「劈頭就罵人也太過分了吧！」

志乃原嚇了一跳般，身子還往後仰去。

身旁的人看到我們的互動都不禁輕聲笑了起來，但那不是在嘲笑，比較像是會心一笑。

這個地方大多都是情侶一起來，對於周遭的容許範圍也會比較寬大。一想到大家都跟自己一樣和戀人一起來到這個地方，心裡就會產生小小的同伴情結。

即使如此我還是稍微低頭致歉，有個年紀應該比我大一些的女性笑著說：「你就原諒她吧。」並從我們身邊走了過去。

她男朋友更向我豎起拇指，接著便回到他們兩人的對話上了。

我說不出口，我們其實只是在體驗交往而已。

「學長，不好意思，我遲到了。」

「這就是妳的遺言嗎？」

「咦，我要被殺掉了嗎？」

志乃原用手摀著嘴，這才總算低下頭。

「對不起，我錯過一班電車。故意的。」

「那也沒轍——妳說什麼？」

「那我們走吧！」

「給我等一下！」

我緊抓著志乃原的上臂，留住她打算向前邁進的腳步。

「這、這就是束縛……」

「才不是，妳白痴啊。妳剛才說是故意的吧，為什麼啊？」

我語氣彆扭地這麼問，志乃原便搖了搖頭，舉起雙手。

「請、請你不要生氣嘛，真的很抱歉。就是……我只是有點想試試看而已。」

「試什麼？」

我循著她的話反問，她便像紅色小牛（註：日本會津地區的一種傳統玩具）一樣猛點著頭。

「我想在約會遲到時問問看：『等很久了嗎？』因為這算是情侶常見的情境吧。」

「哦——是這樣啊。」

理解了之後，我便鬆開抓著志乃原上臂的手。

志乃原搓揉著上臂，還喃喃說著：「這樣的肢體接觸也太激烈了。」

「沒辦法啊，誰教妳不但遲到，還一副想要逃走的樣子。」

「學長，你這樣的詮釋也太可怕了吧？我們再更溫和一點相處吧。這跟我想像中的反應實在差太多了，真是的！」

「哦，不然妳覺得怎樣的反應比較好？」

我這麼一問，志乃原發出「哼哼」的聲音並挺出胸膛。

我完全不知道她為什麼要一臉得意洋洋的樣子。

「那當然是『我也剛到不久！』啊。」

「我也剛到不久。」

「已經太遲了啦！」

志乃原拋下這句抱怨，撇頭轉向另一邊。

「我在跟遊動學長交往時，可是從未遲到從未缺席喔。因為我們之間感覺還是有點隔閡，而且我也不想被他瞧不起，更不想讓他看到自己的弱點。」

「是喔。」

「所以我今天才會遲到，學長好過分！」

「這是什麼謬論！」

她大概是想表達「正因為對我敞開心扉才會這麼做」，但如果這是用遲到來表現的話，那就讓人一點都開心不起來。

不過這理由也確實是志乃原會有的想法，因此遑論生氣，心情還變得平靜溫和許多，但這要是說出來感覺就會讓她得意忘形，因此我不會明言就是了。

「哇——！每個地方感覺都好好拍，好棒喔！」

志乃原開心地喧鬧著，一邊環顧四周。

一進到洋館裡頭，挑高的天花板俯瞰著我們。這裡與其說是一棟洋館，更像是一座小型城堡了。

走廊上一整排都掛著繪畫或裝飾品，更是助長了與外面世界隔絕開來的氛圍。

一邊看著這些擺設，我們走在深紅色的絨毛地毯上，而後抵達一處寬闊的咖啡廳。

「這裡面竟然還有一間咖啡廳，也太厲害了……」

「好像是這棟洋館裡唯一可以休息的地方喔。」

「哦，學長也滿喜歡咖啡廳的呢。」

「我喜歡可以放鬆的地方。當然家裡是最自在的，排在第二的肯定就是咖啡廳。」

不過說真的，眼前這一處咖啡廳就另當別論了。

既熱鬧又充斥著一堆情侶的咖啡廳，再怎麼說也算不上是可以放鬆的地方。

我喜歡的是可以看到幾個零散的客人，能夠各自放鬆的那種咖啡廳。

「好棒，好棒喔！」

不過，要跟志乃原一起的話，還是這種咖啡廳比較好。側眼看她興奮地跳來跳去的樣子，我也莫名坦率地產生了這樣的想法。

而且發現自己在不知不覺間臉上還揚起笑容，我拍了拍臉頰。

「喂，走吧。」

「咦？但又沒訂位——」

志乃原正想開口詢問的時候，店員說著：「帶您前往預約的座位。」並在前方指引。

儘管有些驚訝，志乃原最後還是用手肘頂了頂我的側腹。

「不愧是學長，很會耶。」

「吵死了。」

「我明明是在稱讚你！」

我沒去搭理志乃原悄聲的抗議，只是眺望著風格古典的內部裝潢。

就算只是評為風格古典，這裡的內部裝潢感覺也比大學旁邊的咖啡廳高級好幾倍。

這樣的內部裝潢感覺就會讓店內充斥喜歡咖啡廳巡禮的人，但現在還不到下午兩點，再加上位於要買門票的洋館裡，入店的人稀稀落落，很適合聊天。

志乃原的反應也很不錯，我從之前就注意這個景點算是有價值了。

我們被帶到的座位是開放式包廂，看起來就跟預約畫面上的照片一樣。

有很多店家會在網站上的預約畫面刊登修過的照片，看樣子這間咖啡廳就算不做那種商業努力，肯定也能吸引顧客上門。

進到開放式包廂之後，我們隔著桌子面對面。我一坐進沙發，身體就緩緩地陷進去，支撐在一個絕妙的位置。

「這裡好好睡……」

我這麼說著將頭靠上後方，結果志乃原便伸出單手把我拉了回來。但她的力道有些過頭，害我額頭直接撞上桌面。伴隨咚的一道響亮聲音，我不禁發出哀號。

「好——痛！」

「學長，我們正在約會喔！禁止睡覺！」

「我剛才的反應是『舒服到簡直可以睡在這裡』的意思！才不是真的要睡覺！」

解開誤會之後，只見志乃原眨了眨眼。

接著，她竟然就撇開了視線。

無論我再怎麼埋怨地看著她，志乃原都不肯將視線拉回來。

還像是若無其事般，順手拿起了放在旁邊的菜單。

「什麼嘛，原來是我太武斷了。那麼學長，你要喝點什麼呢？」

「別以為我會讓妳這樣蒙混過去。」

「討厭啦，學長……我覺得很感動喔。沒錯，當然是對於你帶我來到這麼棒的地方！今天的約會是當天決定的吧，然而你卻立刻找好景點還提前預約咖啡廳，計畫安排得宜，真的讓我再次對學長感到十分敬佩。」

「妳話真多啊。」

我對她笑了笑，志乃原就像再也按捺不住似的深深低下頭去。

「真的很抱歉。」

綁成公主頭的頭髮也跟著垂了下來。

一想到是我的笑容引導出她的道歉，感覺也滿不情願的，但我畢竟是個超過二十歲的男人了。正當我打算在此說些寬容的話原諒她的時候，店員進到了開放式包廂來。

「請問兩位客人要點餐——抱歉，打擾了。」

「啊！請等一下這不是那種狀況！我要點兩杯咖啡歐蕾！」

志乃原猛地抬起頭來拚命想要點餐，但就連她的呼喊都像是徒增空虛一般，只見店員小跑步地走遠了。

在店員眼中，我看起來絕對像個超級大壞蛋。

總覺得額頭疼痛的感覺又更加劇，讓我無力地垂下了頭。

◇◆

「哎呀～有解開誤會真是太好了呢。說不定學長差點就要被報警帶走了。」

「妳以為是誰害的啊？」

儘管為此感到洩氣，我還是伸手拿起餐刀。

桌上擺了一盤大份的鬆餅。賣相看起來有些奇特，就跟比薩斜塔一樣雖然傾斜，卻保持著絕妙的平衡。

疊了三層的鬆餅每一層的顏色都不一樣，可以品嚐到不同的口味。

鬆餅四周用糖漿畫出圖樣，女生看到情緒肯定會很高昂。就連我這個男生都不禁有些蠢蠢欲動。

「學長，這我可以拍照嗎？」

「請拍、請拍。」

一邊這麼說，我拿起了菜單。

翻看了一下，鬆餅跟咖啡杯之所以奇特，果然還是因為客群目標集中在女性跟情侶的關係。店家似乎很想促使客人發照片到ＩＧ，只見一旁還標著「ＩＧ貼文超過３００則！」的字句。

只要有像這樣利用社群平台的戰略，就算削減廣告預算，客人應該也會自己聚集過來。

正當我對此感到佩服時，就聽到好幾道快門聲連續響起。

抬起視線一看，相機鏡頭很明顯就是對著我。

「妳是在拍哪裡啊？剛才絕對是在拍我吧。」

「但你露出很棒的表情喔，你看。」

志乃原將她的手機遞了過來。

我只好確認一下畫面，剛好是我視線看向一旁的照片，拍起來比平常還要上相五十倍。

「哦哦，我想要這張！」

我忍不住這麼拜託她，志乃原便露出滿臉笑容。

「好啊，我等一下就傳給你。令人意外的是，像這樣無意間拍下來的瞬間通常都會更上相，拿這張當頭像絕對會很好看。」

我不會特別拘泥於頭像的想法，到現在還是沒有改變。

我的社群帳號頭像依然是醜得可愛的地方吉祥物，光是這樣我就夠滿足了。不過一旦看到這張照片，確實會想修改自己的頭像。

「真不愧是grammer啊！」

「……難道你是在簡稱Instagrammer嗎？你這樣講別人絕對聽不懂喔。」

「妳不就聽懂了。別小看我的傳達能力。」

「是我理解力高才會知道好嗎！」

志乃原冷哼了一聲，開始吃起鬆餅。

我也笑了笑，將鬆餅送進嘴裡，優雅的甜味頓時在口中擴散開來。

大學校區內的咖啡廳以價位來說也算是不錯的，但要價兩千圓的鬆餅等級就是不一樣。我們兩個就這麼享用著鬆軟的餅皮，志乃原更是「呼～」地吐出幸福的感嘆。

「這種吃的東西啊，只要多花一點錢就能明顯吃出差距，感覺很划算呢。」

聽志乃原這麼說，我暫時將叉著鬆餅的叉子放回盤子上並點頭認同。

「真的，差個一千圓就能吃出味道的差異。換作是衣服之類，這點程度的價差感覺也只在誤差範圍內而已。」

就算是一樣的布料，光是加上品牌商標，價格位數就會跟著改變可說是理所當然。美食跟時尚都算是一種自我滿足的圈子，但吃東西這方面對我來說ＣＰ值遠遠高上許多。不過兩者都是天外有天，我想必是不會有見識到的機會。

忽然間我的注意力被一道貴金屬的光芒吸引過去，視線看向志乃原的手邊。一只看起來很高價的戒指正套在她纖細的食指上。看起來完全不會令人覺得反感，反而吸引人的目光，真是厲害。

「學長？」

「妳感覺受歡迎到有人贊助也不奇怪呢。」

「我確實很受歡迎，但沒有人贊助喔。這個戒指是我用自己的薪水買的。」

「妳在做的是美髮模特兒吧。妳會想要踏入那個圈子嗎？」

根據志乃原的說法，美髮模特兒比其他打工都還要好賺很多。照志乃原的條件來看，就算以後有其他模特兒相關的工作邀約也不奇怪，至少在學生時期想必不會賺錢賺得太辛苦才是。

然而，志乃原很乾脆地搖了搖頭。

「這工作確實滿有趣的，而且薪水也很高，但我想把時間用在自己有興趣的地方。畢竟我身為學生的時間是有限的。」

「哦。」

我很坦率地感到佩服，並做出簡短的回應。

平常雖然很胡鬧，但其實是個很有自我原則跟想法的人，是志乃原的一大優點。要是立場相反，我就不見得會抱持跟志乃原一樣的想法。不，我恐怕是不會這麼想吧。

「妳有對哪個領域感興趣的嗎？」

「現在我對學長最感興趣。」

「把我的佩服還來！」

我差點沒拿穩手中的叉子。這話不該一臉正經地說出來。

「不，我說真的。」

「不不不，妳認真點。」

我露出苦笑這麼說，結果志乃原皺起眉間。

「我是認真的啊。雖然嚴格來說不是針對學長而是戀愛這件事，但跟這種戀愛情感最接近的人也就是學長了。」

「妳為什麼可以若無其事地說出這種不得了的話？而且妳現在是在跟我告白嗎？」

我還以為不過是一番令人害臊的發言，差點隨便聽聽就過去了，但從旁看來這番話還包含了很不得了的內容。對象要不是志乃原，這樣的說法可能都會產生誤會了。

「呃，嗯，雖然妳講得很婉轉就是了。」

這樣就能在沒有明確告白的狀況下，確認對方的心意。簡單來說，即使無法順利成為情侶，也不太可能會傷及至今建立起來的關係。

但志乃原好像完全都沒有算計這種事情，對我回了一句：「你在說什麼啊。」

「與其說什麼告白，你現在不就是我的男朋友嗎。請乖乖地當我的男朋友吧。」

「等一下，這是在體驗交往喔。我姑且再跟妳確認一次，妳應該知道吧？」

我向她確認以防萬一，志乃原眨了幾次眼睛之後，悄聲地喃喃道：

「……要是學長不行的話，我覺得再也不行了。」

她的語氣就和那時跟禮奈在體育館裡一樣，感覺有點消沉。

是什麼東西不行啊？

——無意間，幾個月前的情景在腦海中浮現。

志乃原第一次在我家過夜那天。

當我說到信賴並不等於將自己所有事情都全盤托出時，志乃原喃喃著「我也是這樣」。

或許志乃原想說的就是當時的事情。

在戀愛方面，她想透過我去確認某些事情。

至於那內容我已經多少察覺出來了。但總覺得那不能由我點出來。要是由我去確認的話，感覺就沒有意義了。

「什麼不行啊？」

我裝傻地這麼一問，志乃原便搖了搖頭。

「下次約會再跟你說。」

「為什麼已經確定還有下一次啊？」

「因為學長說ＯＫ了！」

我不禁啞然失笑，志乃原撇過頭去。

看來這時還是不要捉弄她比較好。

「算了，妳要怎麼想是沒差啦。總之，我們先決定等一下要去哪裡吧。」

再怎麼說，也沒辦法在這棟洋館耗一整天。

如果對象是志乃原，光是聊天也能講上很久，但這樣就沒有體驗交往的意義了。

而且，我也想確認一下自己有沒有彈性訂定約會計畫的能力。

「好耶！那就來找吧！」

「等我一下，我來看看。」

我用手指點了點手機，打開網頁準備搜尋縣內的約會景點。

滑開書籤欄之後，跳出了令人懷念的懶人包網站。

這是當我在跟禮奈交往時經常利用的網站。從附近一帶到遠行的場所，都以不同的領域分門別類，整理出各種針對情侶的推薦景點。

網站還會定期更新，不但有排行榜形式的網頁，也能一覽最推薦的約會行程。

「你剛才說要找個平常不會去的地方，應該不會又是體育館吧？」

「不會好嗎，我會好好帶妳約會。」

要連約會細節都決定好並讓對方開心的難易度意外很高。約會時，必須讓對方感受到心情不同於相處在一起就很開心的那種快樂才行。

而我在這方面並不太擅長。

之前都有禮奈幫忙，就結果來說，禮奈決定的約會行程比較能讓彼此都玩得開心。

既然是體驗交往，就像志乃原說的，我也希望這對我來說也是一段有意義的時間。雖然當天才決定約會行程的難度很高，不過也正因為如此才更值得挑戰。

「妳覺得數位美術館如何？」

「數位……什麼？」

志乃原愣了愣，向我重問了一次。

「那是個很好拍ＩＧ照片的地方，但單純去逛感覺也滿好玩的。而且還營業到晚上。」

從網路排行看來，還寫著這是女大學生人氣排行榜第一名。

在戀愛媒體方面愛跟風的志乃原一定會喜歡。

然而志乃原卻一反我的預想，表情沉了下來。

「哦……感覺很、很有趣呢。」

「喂，妳絕對不是這麼想吧。」

她竟然會做出這麼露骨的反應。

雖然不知道原因為何，看樣子她完全不感興趣。我們都一起度過這麼久的時間，沒想到給出的提議竟然沒有打中她。

這讓我總覺得莫名不甘心，為了找到一個更合適的景點，我再次搜尋了起來。

但或許是搜尋的關鍵字挑得不太好，遲遲找不到出色的介紹文。

「我想去遊樂園。」

「駁回。」

「為什麼！」

我想帶志乃原去再更成熟一點的地方。這是為了保住身為年長者的威嚴——但這也不過是個藉口，單純只是身為一個男人的自尊問題罷了。

在跟禮奈交往時，我也是都用這樣的思考模式。只要逞強去間高價的餐廳，就會讓自己誤以為身為男人的品格有所提升，享受到雙重的樂趣。

但我從沒想過這樣的思考模式看在女性眼中會是什麼樣的感受。

不過至少對志乃原來說，這似乎不重要。

因為從剛才開始，她就一直對我投以責備的眼神。

直到我受不了了，這才從手機上移開視線，只見志乃原氣得鼓起臉頰。

「如果學長自己有想去的地方就算了。但既然名目是為女朋友著想，我覺得順著女朋友的要求才是最好的選擇吧！」

「唔……但去遊樂園感覺就很孩子氣……」

「我知道你是想對我展現年長者的力量，但今天還是去遊樂園吧。我今天就是想重拾童心的心情。」

——她是不是看穿了我剛才的心思啊？

只要跟志乃原在一起，感覺就能回歸童心。我的確是這麼想的，但回過神來，我似乎又在硬撐了。

在我沉默不語時，志乃原接著說了下去：

「不管是耍廢的學長，還是懶散的學長，我直到今天也都一一直看在眼裡啊。我確實也很喜歡展現年長風範的學長，但同樣喜歡那種散漫的一面，才會一直跑去學長家。你只要維持原本的樣子就好了。保持自我還比較好。」

「……維持自我是吧。」

我不覺得想要展現年長男性的風範這件事本身是一種錯誤。然而我現在所做的行動，正是顧及體面的結果。

沒有為對方著想，只以自己為優先。我已經體驗過這會招來無可挽回的後果。明知如此，只要一個不注意，卻又差點重蹈覆轍了。我知道一個人並不是那麼容易改變，但在被志乃原提點之前，我甚至絲毫沒有察覺。

這個事實讓我暗自感到心有不甘。

不過，現在正在約會。要是讓氣氛太過沉重，那才真的對不起志乃原。

我重振心情，並抬起頭來。

然而，映入眼簾的志乃原，卻是一臉莫名嚴肅的樣子。

「……學長，請你不要改變。」

「咦？」

我忍不住回問。結果志乃原眨了眨眼之後，伸手摀住嘴巴。

「不、不好意思。沒事。」

「是、是喔？」

志乃原揚起嘴角，點了點頭。

她說不定以為我沒有聽到。

但我之所以回問，並不是因為聽不清楚，而是因為我下意識認為志乃原的那句話對我來說不是一件好事。

但因為我這樣回問，就結果來說反而讓志乃原當作自己沒有說過那句話。她現在將注意力重新放回鬆餅上頭。

當我猶豫著是不是應該追問剛才那句話的真意時，我的右側口袋傳來嗡嗡的震動聲響。還以為是收到訊息的通知，但手機依然持續震動下去。毫無疑問是有人打電話給我，因此我便隔著口袋長壓了電源鍵。

手機的震動因此停下，這個開放式包廂也重回靜默的氣氛之中。

「不接沒關係嗎？」

「在兩人獨處的時候哪能接電話啊。」

「你有這份心意，我覺得很開心。但搞不好有什麼急事，就算只看看是誰打來的也沒關係喔。」

「唔……」

的確，雖然不太願意這麼想，但也無法否認有這樣的可能性。

儘管不會回電，但我還是確認一下好了。

這麼想著，我將手機拿出來重新開機。

『剛才　未接來電：彩華』

「——沒事。」

我揚起嘴角淺淺一笑，志乃原反而瞇起雙眼。

「總覺得……有種劈腿的預感。」

「不，並沒有好嗎。」

我搖了搖頭。我跟彩華之間從來沒有變成那樣的關係。

我有自信可以親口解釋這件事，但我也明白，對志乃原提起彩華的名字才會造成反效果。

畢竟是彩華，應該只是打來閒聊的吧，至少不太會是要跟我聯絡什麼急事才對，因此現在要以志乃原為優先。就算不是真的，此時也在體驗交往中。腦海中掠過「因為是體驗」這樣打從心底覺得無聊的玩笑話，我不禁緊緊地皺起了臉。

我本來想追問剛才她說「請你不要改變」這句話的意思，但因為彩華的一通電話而錯失了時機。

我別無他法，只能從志乃原身上移開視線，眺望著大廳。

大廳裡有很多情侶在談笑風生，享受著各自的相處時光。

那樣的光景對現在的我來說有些眩目。

戀人是對自己來說最親近的知己。所以戀人這存在才會既難以取代，又格外重要。

——而我傷害了這般存在的戀人。

每一個人多少都會傷害到他人。因為每一個人都抱持著不一樣的想法，在不一樣的環境下度過每一天，所以這或許是無可避免的事。我甚至覺得這有著無可奈何的一面。

然而，傷害到親近的人則是另當別論了。在努力想去理解彼此的關係之下，這是可以避免的。

失敗過一次的我，必須有所改變。

若我依然是這副德性，往後一定又會再傷害到親近的人。

當那樣的結果繞了一圈回到自己身上時，如果已經成為社會人士就太遲了。

像我這樣的存在，一定是因為現在身分還是學生，才能得到大多數人的寬容。

剩不到兩年就要出社會，時限已經近在眼前。

我會懷有這樣的焦躁感，應該是正確的。綜觀看來，我肯定正一步一步地成為大人。

所以才會產生「志乃原為什麼要否定我的變化」這樣的疑問。

「學長，你在想些複雜的事情時，表情都會很奇怪呢。」

志乃原對我這麼說，我便拉回了視線。

「真失禮啊。妳那張臉才是什麼意思。」

「我本來就是這張臉。本來就這麼可愛。」

「我又沒有在說妳可愛。」

「你那樣講就是這個意思啊！」

「怎麼想都不是吧！」

我用錯愕的語氣這麼抗議之後，志乃原也淺淺地笑了。

那是一如往常的笑容。那個表情完全融入我的日常生活之中，並漸漸成為不可或缺的存在。

非得改變的事物，以及不希望改變的事物。

如果所有事情都能套上這樣的二分法，心情或許會很輕鬆。

志乃原這個人對我來說是後者。

她讓我回想起這件事，我也不禁開口：

「謝謝。」

「不客氣，學長。迷途的羔羊，很可愛喔。」

「妳就不會少說兩句嗎？」

我噘起了嘴。

為了掩飾這樣難為情的感覺，我動了動叉子，卻只叉到空氣。

當我垂下視線一看，只見精緻的盤子上已經沒有盛著任何東西。

「……我把鬆餅吃完了嗎？」

「對啊，學長除了在說話的時候都一直在吃嘛。所以很快就吃完了。」

「所以在妳盤子上的第二塊鬆餅是突然出現的囉。」

「就是說啊。真是不可思議的世界。」

我們對上了眼。彼此都閉上嘴，為時幾秒的沉默降臨兩人之間。

「——可惡還來！」

「咿呀！」

我朝著志乃原的盤子伸出手，卻在她敏捷的應對下連碰都沒碰到。一盤兩千圓的鬆餅，我一片都不想拱手讓人。

隔著桌子的攻防維持了幾秒，志乃原總算說著：「好啦好啦，我知道了。」表示投降。

她將盤子遞上前來，我的叉子朝比較大塊的鬆餅叉下去。

「啊！」

這次換志乃原發出驚呼。

我的叉子叉著的，是志乃原剛才一直小口小口吃著的那塊鬆餅。

「如果想搶走我的鬆餅，就要請你做足相對應的覺悟及報酬喔，所謂的報酬就是學長要對我……」

「我知道了還妳就是。」

「讓我說完啊！」

志乃原猛力揮舞著手臂抗議，並忿忿地撇過頭去。

回到盤子上的鬆餅早就垮掉，一開始那樣時髦的賣相早就一點影子也沒留下。

即使如此我還是覺得非常美味，或許是因為跟志乃原相處的時間，讓我打從心底覺得開心的關係。

我的嘴邊揚起微笑，並將志乃原的鬆餅送入口中。

就在這時——

「——嗨，妳看起來過得很好嘛。」

頭上突然傳來一道陌生的聲音。

不，其實我記得曾經在某個地方聽過。不過我認為那是扔在一邊也沒問題的一段記憶，擅自在腦內割捨掉而已。

我先看向志乃原的表情，發現我的直覺猜對了。

朝著聲音的方向抬眼一看就知道，果然沒錯。

那個人是志乃原的前男友，元坂遊動。

嘴角笑得扭曲的元坂雙眼中，蒙上了一道怨恨的神色。

志乃原一副難以置信地苦惱著，但平靜地開口說：

「……咦，你過來幹嘛？實在讓人很反感耶。」

「喂，我只是剛好看到妳才過來打聲招呼好嗎。不用這麼退避三舍吧。」

「我反感的是你看到前女友跟異性兩人獨處，還粗神經地跑來搭話這點。」

志乃原忿忿地說道。

聽她這樣講，元坂這時才看向我這邊。

「嗨，你們聊得正開心真是不好意思啊。你啊，我忘記是叫什麼名字了，不過我們之前有見過幾次面吧？」

元坂這麼朝我問道。

我露出很不甘願的表情回答：

「聖誕節的聯誼跟情人節派對那時真是謝謝喔。」

「啊——對對對。你是小彩的跟屁蟲嘛。」

這難聽的形容，傳達出他鄙視我，說我是跟班的意思。而且這件事也讓我不禁回想起過去。

經過高二那件事，升上高三之後，有一部分學生都在背地裡這樣叫我。我之所以完全沒有放在心上，是因為比起被人說閒話的那種不爽，彩華再次重返高中的女神地位更令我感到開心。

真沒想到元坂的發言會讓我回想起那件事情。

「你說學長是什麼？」

志乃原站起身，朝著元坂投以責難的眼神。

元坂雖然有些畏縮地退了半步，但好像很快就重振起來，再次向志乃原問道：

「妳跟這傢伙在幹嘛啊？」

志乃原回說：「請你不要用『這傢伙』來稱呼他。」接著就轉而看向我。

我不知道志乃原是用什麼方式跟他分手的，但要是元坂還對她念念不忘，在他看來我肯定是個憎恨的對象。

還是不要無謂地刺激他比較好吧。

想到這裡，我在不被元坂發現的前提下，低調地朝著志乃原搖了搖頭。

「看到還不懂嗎，我們正在約會。」

看樣子完全沒有傳達給她。

聽志乃原這麼說，我看到元坂緊咬著下唇。

「把我甩了之後，竟然還封鎖了我所有的社群帳號。結果也才沒隔多久就在跟人約會，對象還是這傢伙喔。」

「我叫羽瀨川悠太。請多指教。」

「自我介紹的時機也太爛了吧！看這什麼氣氛，識相點好嗎！」

元坂氣勢洶洶地這麼說，因此我也聳了聳肩。

「還不是因為再這樣講下去，你就只會一直叫我『這傢伙』吧。那樣感覺很討厭，你就叫我羽瀨川吧。」

「那你也叫我元坂吧。我也不喜歡被人一直用『你』來稱呼。」

「ＯＫ，元坂。」

「那我也叫你羽瀨川。」

「好啊，請多指教。」

元坂一臉同意地點了點頭。這樣的光景讓志乃原忍不住插嘴道：

「請等一下，為什麼你們一副有點解開心結的感覺啊？」

「才沒有解開心結。」

元坂這麼說，我也沉默地點了點頭。

我只是為了溝通，才想打造出最低限度的交流環境。要是施加上無謂的壓力，能談的話也都講不下去了。

「畢竟這傢伙的溝通能力其實也滿高的啦。」

這次從元坂身後傳來一道熟悉的聲音。

我連忙推開元坂，只見彩華就站在那裡。

對上眼之後，彩華稍稍嘆了一口氣。

「所以我才打電話給你呢。」

「咦，剛才打那通電話是因為這樣喔？」

看來原以為只是要閒聊的那通電話，好像是唯一可以避開這種狀況的機會。而我竟然眼睜睜地就這樣錯過了，讓我不禁在內心抱頭苦惱。

「因為『Green』跟『大洋』要一起辦遊玩活動，所以代表跟副代表才會一起來場勘。我剛才遠遠就看到志乃原了，所以才會急忙打電話給你。」

「四個人來？」

我看向彩華身後，只見「Green」的同好會代表樹，正跟一位苗條的女性在大廳談笑風生。從彩華這番話推敲，那位女性應該是「大洋」的代表吧。

「大洋」是我們大學的其中一個戶外活動同好會。跟彩華擔任副代表的「Green」有著同等規模的戶外活動同好會，就只有「大洋」而已。

「原來元坂是那個『大洋』的啊。是副代表嗎？」

因為看他跟彩華一起行動我才這麼問，然而元坂搖了搖頭。

「不，我是代表。」

「啊？」

我嚇了一大跳，這反應讓元坂露出滿意的笑容。

「別這麼驚訝啊，不至於感到意外吧。」

「太意外了吧，你有辦法勝任嗎？」

「等一下就殺了你！」

「誰來救救我啊！」

當我要離元坂遠一點的時候，志乃原拍響了手。

開放式包廂重回一片寂靜。

「……學長，現在正在約會。適可而止吧。」

比平常還更伶俐的語氣，讓我不禁閉上了嘴。

差點就要變得和樂的氣氛，一瞬間感覺就緊繃了起來。

「約會？」

在這樣的氣氛中，第一個困惑地問出口的人是彩華。

元坂點頭回應彩華的話。

「這兩個人說他們正在約會啊。」

元坂用非常不痛快的眼神看向志乃原。

……看來我對元坂有些誤會。

我還以為他只對我感到厭惡，但實際上他對志乃原的仇恨值還比較大的樣子。

證據就在於他雖然一開口就貶低我，但在互相以姓氏稱呼之後，講起話的態度也很正常。

他這股情緒就只針對志乃原而已。

而志乃原也沒打算掩飾內心的不爽，朝著元坂反駁道：

「我跟學長約會還需要前男友的許可嗎？要找麻煩也請適可而止吧。」

「我才沒要妳經過我的許可。我只是對於一個有潔癖到在甩掉人的瞬間就斬斷所有聯繫方式的傢伙，這麼快就釣到男人覺得很不爽而已。」

看來遭到封鎖這件事，似乎重創了他的自尊心。如果他們原本是一般情侶，我有點同情他了。光是想像甩掉自己的人把聯絡方式都消除得一乾二淨，我的心也難受起來。

但是，元坂的狀況又另當別論了。

彩華好像也跟我想了一樣的事情，她開口說道：

「那應該是劈腿的元坂不好吧。」

說著斥責的話，但她的語氣卻顯得開朗。應該是在元坂面前，才會格外注意讓自己表現得跟平常一樣好相處。

當彩華說出這句話的瞬間，我沒錯過志乃原有些扭曲的表情。

就算是在替自己說話，依然做出這樣的反應啊。

這讓我敏銳地察覺她們的關係——應該說是志乃原單方面抱持著厭惡感。

但幸好彩華似乎沒有發現志乃原那轉瞬間的變化，就這麼繼續說下去：

「不是每一個女生的想法，都跟平常在你身邊的那些人一樣。只要當下覺得開心就好的想法固然很棒，但既然都傷到人了，應該就沒資格斥責在那之後的行為才是。」

多虧彩華用柔和的語氣這麼說，元坂也多少有聽進去的樣子。元坂有些尷尬地露出苦笑。

「嗯嗯……不過那次劈腿也是基於很多原因。」

「但劈腿是事實吧？」

「那倒是……嗯。抱歉，妳別生氣嘛。」

「我完全沒有生氣啊。」

彩華對元坂笑了笑，接著就朝我看過來。

「所以呢，你真的正在跟志乃原約會嗎？」

「我剛才就——」

「志乃原，我是在問這傢伙。」

彩華連看也沒有看向志乃原，直接這麼說。

彩華的雙眼直直注視著我，幾乎讓我無法逃離這道視線。平常總是很快就會被她看穿。然而，現在是在禮奈的請託下進行的體驗交往。

我有點猶豫是不是要實話實說。在交際很廣的元坂面前，我不想輕易就說出口。就算跟高中時不一樣，謠言傳開的速度跟範圍都相對有限，即使如此我還是不願讓體驗交往這樣的事實傳開。

只要暫且表示志乃原說得沒錯，這個狀況應該就能圓滿收場。之後再解開誤會就行了。

如果是彩華，就算我沒有當場說出所有事情，她應該也能理解吧。

這個想法自然浮現在腦海中時，我不禁咬緊牙關。

——就是因為如此仰賴他人的想法，那個時候才會失敗。

我不再重蹈覆轍了。

這難道不就是現在的我最應該優先的事情嗎？

要是避而不談，結果又會再次經歷失敗的話，我就沒臉面對禮奈了。

如果要考慮到志乃原的顏面，就不應該選擇什麼都不跟彩華說，而是該聚精會神地思考要怎麼說才可以讓兩人都能接受。

我沒有在跟志乃原交往。

總之為了說出這件事，我張開了口。

但搶先把話說出來的不是別人，正是彩華。

「還是算了，我在意這種事也很奇怪嘛。元坂，我們走吧。」

我驚訝地抬起臉一看，只見彩華用唇語說著「改天要請我喔」並露出微笑。

我不禁只能愣愣地張著嘴說不出話來。

彩華在各方面都太過敏銳了。

她之前來我家的時候，就已經感受到志乃原的存在了。

不如說，她覺得我們在交往還比較正常，但就算我沒有說出口，彩華也能理解所有事情。她會努力地去理解。

換作是平常，我只會一味地感謝這一點。只會細細品味著自己遇上這麼好的朋友帶來的喜悅。

但是，那月說的話掠過腦中。

——你要是太依賴小彩，就算重蹈覆轍也不奇怪。我覺得你們兩人之間的關係，是多虧小彩壓倒性的條件才得以維持。

……既然知道這點，我還能再這樣依賴彩華嗎？

「等一下，我有點話想跟真由說。」

元坂這句話將我拉回現實。

我抱著戒心等著不知道會被他說些什麼，但元坂所針對的依然是志乃原一個人。

「——真由，羽瀨川就是『那樣』嗎？」

「……我現在就是在確認這件事。」

「我可不會支持妳喔。」

「我也不需要你的支持。」

志乃原僅僅淺淺一笑，元坂則是不爽地冷哼了一聲。

我無從得知他們在交往期間曾經說過什麼。

但志乃原曾向元坂坦言過一些事情，而我並不知道那究竟是什麼。從剛才這番對話來看，元坂很明顯知道我所不認識的志乃原。

若要說我對此沒有任何想法就是騙人的了。

然而比起這點，元坂在某種程度上也能跟人正常交談這點讓我更感驚訝。

「元坂也是能正常與人說話的啊。」

「你太瞧不起我了吧，情人節派對那時我也超受歡迎的好嗎。」

「啊——這麼說來也是呢。」

跟第一次見面時相比，派對那時我也感覺到他給人的印象比我還好。

雖然喝了酒就會引發聖誕節那樣的慘況，說不定他平常的個性其實很受人親近。

「元坂。樹跟由季都在等我們，差不多該走了吧？」

彩華向元坂這麼說，接著就走出開放式包廂了。

在她走出去的時候，還留下一句：「別這樣瞪著我啊。」

搞不懂她意指什麼的我回頭一看，只見志乃原一臉不開心地轉而面向牆壁。

「掰掰，真由。」

「請你不要用名字叫我。」

「哈哈，真是冷漠啊。」

元坂笑了笑，就跟著彩華離開了。

當我看著他們的背影，發現樹在視線前方朝我們揮了揮手。

我向他點頭招呼之後，便看向彩華。

彩華一次也沒有回頭，他們四人就這樣離開咖啡廳了。

第8話　我的戀愛觀～真由side～

「愛情跟麵包。真由，妳喜歡哪一個呢？」

小學五年級的聖誕節。穿著聖誕老人裝扮的媽媽向我拋來這個問題。

戴著聖誕老人鬍鬚的爸爸也在她身邊，等著我的回答。

我的父母都是非常開朗外向的人。他們在人生當中最注重的就是快樂，而且他人經常覺得兩人看起來都比實際年齡年輕，到學校教學參觀時，我記得自己總是為此感到很自豪。

他們給我滿滿的愛，我更是喜歡這樣的父母，認為他們只是摸摸我的頭就是一種獎勵。

正因為如此，面對這麼突然的問題我也毫不遲疑地做出回答。

「愛情！」

這是理所當然。即使小學會教何謂愛，也不會教何謂金錢。再加上電視節目灌輸的愛錢等同於庸俗的印象，我自信滿滿地這麼答道。

他們一定會稱讚我。一定會摸摸我的頭。

然而我只得到媽媽似乎很開心地說著「這樣啊」的回應，以及在她身旁的爸爸感覺很寂寞的笑容而已。

——隔天，父母就離婚了。

後來我聽說兩人是圓滿離婚的樣子。花了好幾年的時間談妥各式各樣的條件，並在彼此的折衷方案下說定這件事情。

得知原來在幸福的家庭檯面下竟進行著這樣的溝通，我受到的衝擊像是被鈍器狠狠打了一下。一想到在他們笑容的背後究竟懷抱著什麼樣的情感，就讓我覺得自己的記憶遭到嚴重的玷汙。

我聽見曾以為幸福的東西漸漸崩壞，發出匡啷匡啷的聲音。

接著在同意之下，儘管我的扶養權轉移給媽媽，爸爸偶爾還是會來家裡露個臉，那樣的空間和睦到讓人覺得他們離婚才是難以置信的程度。

但我已經明白那是虛假的了。

在那個看起來和睦的空間裡，我也跟著露出了虛假的笑容。

◇◆

就算變成跟媽媽一起住了之後，爸爸每個月還是會來到我們家一次。

月底爸爸也會一起吃飯這件事是不成文的規定，說真的我覺得很厭煩。但與此同時也能切身感受到爸爸對我的愛，並且產生某種滿足的心情。這又會讓我油然而生一股無從發洩的憤慨。

爸爸每個月來探望一次的行動持續了兩年以上，但自從我國一那年的冬至過後，他就好幾個月都沒到家裡露面了。

他沒有任何徵兆就突然不再來家裡，媽媽也不曾提起這件事情。

當我對媽媽這樣的態度感到困惑時，便試著提及爸爸的話題。

「爸爸最近都沒有來耶。」

我很難得講到爸爸。所以媽媽一開始也露出有些困惑的表情，但很快就恢復了。

「是啊，他可能很忙吧。」

這是個曖昧不清的回答。我知道媽媽平常都有跟他分享我的狀況。即使如此，總不致於唯獨不去問爸爸為什麼不來家裡吧。

——也就是說，她應該不想告訴我為什麼。

父母顧慮著我的心情，應該在私底下有所交流，但這反而更催化了疏離感。而且他們還沒有察覺這個現狀。我也因為成為國中生，更是害羞地說不出那種話。

「媽媽，妳愛爸爸嗎？」

媽媽笑著說：「怎麼突然問這個呀。」但看我一臉認真的表情，便露出哀傷的笑容。

「應該是愛他的吧。」

「什麼應該……那我呢？」

「我很愛妳喔。」

這次她有些害臊地這麼答道。

見她立刻回答，我覺得有些開心，也為此鬆了一口氣。這讓我知道，自己還留有因為受到父母喜愛而感到高興的純粹心情。

「但是呢，對妳的愛跟對爸爸的愛，又是不一樣的東西。」

「這是什麼意思？」

我又問了一次之後，媽媽便伸手托著下巴。

「真由是跟我血緣相通的家人。是我辛苦生下來的，我的孩子。爸爸也是我的家人，但我跟他並沒有血緣相通吧。」

「血緣有沒有相通是這麼重要的事嗎？」

在電視劇或電影的世界觀裡，時不時就會聽到「真正的愛才不管有沒有血緣關係」這類的台詞。

我也期待媽媽可以給我一樣的回答。雖然在她答覆我之前，這已經從期待轉為小小的願望。正因為是血緣相通的母女，在她開口之前我就已經從她的表情中察覺到了。

「——這很重要。真由，等妳長大成人之後應該就會明白了吧。」

「……這樣啊。」

家族是由愛構成的這種幻想，早就破滅了。以為只要被稱為家人，包含在裡頭的成員就寄宿著無條件的愛什麼的，已經是過去的事了。

即使如此，在我內心某處還是深信著父母之間應該仍有著某種特殊的聯繫。

但說起來，媽媽跟爸爸本來就是無關的人。他們對彼此來說本來都是來歷不明的傢伙。

所以兩人的邂逅才更接近奇蹟，同時也很脆弱。

我們家只是暴露出那份脆弱而已。

「我剛才說是愛著他的，但還是讓我稍微更正一下。」

「咦？」

「戀愛呢，是不會發展成愛情的。」

可能是至今都沒說過這樣的話題，媽媽似乎覺得是個好機會，因此露骨地說道。

「對大人來說，還是會附加上很多東西。」

「像是什麼？」

「最重要的，應該就是金錢吧。爸爸最近都沒有來家裡對吧。」

這句話讓我的表情不禁僵住了。

「爸爸最近為什麼沒有來呢？」

我試著說出跟剛才一樣的問題。雖然想盡可能讓自己的表情柔和一點，但我不知道表現得好不好。

媽媽陷入短暫的沉默之後，總算開口說：

「最近，他遲遲給不出贍養費，因此沒有達成條件。」

「條件？」

「也就是在離婚的時候，我們兩人一起決定的事情。爸爸有點……沒志氣嘛。所以就決定他要是每個月都能——幫助我們的話，就可以共享天倫之樂。」

「你們還說過這種事啊。」

「是啊。就算離婚了，我跟那個人還是透過真由牽繫在一起。爸爸也會為了想跟真由見面而努力。所以，妳就替他加油吧。」

……就連要來這個家，都還有附帶條件啊。

話雖然說得很好聽，但那簡單來說，不就是只剩下金錢上的關係嗎？

我覺得儘管虛假，但以為是家族團圓的那段時間，是為了錢才做的安排嗎？

對媽媽來說，爸爸已經不是家人了嗎？

我雖然很想羅列出這些問題，但還是作罷。

因為那筆錢八成是為了養育我而必要的費用。但是——但是，要是沒有錢，就連虛假的家族團圓時光都無法成立，那也太殘酷了。

媽媽究竟是抱著什麼樣的想法，才跟我坦言這件事呢？是為了往後我或許會面臨結婚這個選擇嗎？還是說，她只是為了一吐積蓄在內心的事情呢？

無論如何，媽媽還是想得不夠周全。

我也是個國中生了，雖然還是個孩子，但已經是可以顧慮大局的年紀，所以在那個情況下才會認真地聽她說這件事。

但關於結婚、戀愛這些事情，我還沒形成一個明確的價值觀。也就是說，還處於想要染上什麼顏色都可以的狀態。

父母離婚這件事對我來說，已經足以改變我的價值觀了。

原來結婚其實也是會理所當然地產生這種危險嗎？只不過是大家都深信自己會步向光明的未來，但也有一定數量的例子會和爸媽一樣分道揚鑣。而且只要兩人之間有小孩的話，就會像我這樣無從選擇地被捲入其中。

唯獨擁有金錢的大人才有決定權，小孩只能默默地服從兩人做出的決定。

小時候，我對「戀愛」這個詞抱持著夢想。

然而我目睹的戀愛卻是相當脆弱，而且繼續發展的話，還會變成足以改變第三者生活環境的凶器。

一旦產生了這樣的想法，就會覺得戀愛是個相當危險的東西，一點也不覺得未來有辦法認為戀愛會多麼美好。

爸媽離婚之後我還曾擁有過那個雖然扭曲，卻依然相處和睦的空間，這樣我都覺得很難受了。往後若是要變成更加殘酷的空間，我根本承受不了。

就算心裡的傷會變得好一些，也不可能痊癒。

正因為明白這一點，對於會產生這種危險性的戀愛，腦中就更是刻下了不好的印象。而且還是非常、非常強烈的印象。

被收進壁櫥裡的聖誕老人服裝，在那之後就再也沒看過了。

不覺得戀愛是一件好事，這個價值觀升上國二之後也沒有改變。

戀愛這種事，一點好處也沒有。

如果是沒辦法進展到結婚的戀愛，更是浪費時間。

反正國中生的交往經驗，大多不會開花結果。了不起也只會持續個兩三年。既然沒辦法持續到結婚，那這段戀愛就沒有意義了。這就是在我心中萌芽的想法。

所以，我常會跟親近的朋友這麼說：

「真不知道那些談戀愛的人都在想什麼。」

這對我來說是相當單純的一句話，真的別無他意。畢竟大家都處在青春期這段多愁善感的年紀。

我對戀愛不感興趣的理由是基於爸媽的事情，但沒有任何人知道這件事，因此大家都把我分類成大刺刺類型的女生。

但不知為何，常有人找大刺刺類型的人商量戀愛方面的事。

就算對戀愛不感興趣，我還是很認真替朋友思考，或許這也傳達給身邊的人了吧。

「我明明就完全沒在談戀愛，為什麼大家會來找我談這些事啊？」

我這麼問出口，坐在我身邊的美濃學姊一邊綁著鞋帶對我答道：

「可能是對戀愛不感興趣的人，給人一種口風很緊的印象吧。」

「是這樣嗎～」

環繞在體育館的氣味之中，我也摩擦著球鞋的鞋底。

像這樣平凡無奇的對話，每次都會讓我覺得心情高昂。

聽說美濃學姊也跟我一樣，對戀愛不感興趣的樣子。

美濃學姊是受到所屬女籃的一年級到二年級學生所有人憧憬的學姊。這樣的人抱持著跟我一樣的想法，帶給我很大的自信。

在我的朋友圈當中，沒有像我這樣對戀愛不感興趣的人，因此我也開始產生一點孤獨感，並更加喜歡這樣的時間。

「應該是因為大家都很信賴妳吧。」

「真的嗎？」

被美濃學姊這樣說，我真的覺得很開心。

對於受人信賴這件事，我也覺得滿不錯的。所以，即使是不感興趣的戀愛話題，我也想比現在更積極地傾聽。

「受人信賴的感覺，很不錯呢。」

「是嗎？」

「咦？」

我還以為她會認同這一點，所以感到滿意外的。我沒遇過像美濃學姊這般如此受到周遭仰慕的人。如果這樣的美濃學姊不覺得受人信賴是件好事的話，我就會失去自己的立場了。

所以我為了肯定自己，變得有點意氣用事。

「絕對很好啦！」

我這麼一說，美濃學姊不禁睜大眼又眨了眨。

我不知不覺間站起身來，這讓我慌慌張張地趕緊在她身旁重新坐好。

美濃學姊是率領著好幾十位社團成員的女籃隊長。要是我這一個既不是首發成員的學妹用這麼囂張的口氣跟她講話，說不定會招來其他人的反感。

但美濃學姊似乎不在意這種事，反而向我問道：

「為什麼會覺得這樣很好呢？」

「哪有為什麼……因為，這感覺滿不錯的吧。對我來說。」

我想不到一個理由，只能做出這樣的回應。

「這樣啊。但是，我的想法跟妳不太一樣吧。」

美濃學姊綁好鞋帶之後，嘆了一口氣。

接著她就背靠上設置在舞台旁邊的突出處，仰望著天花板。我也學著美濃學姊抬起視線，就看到天花板的梁柱上卡著排球跟羽毛球的羽毛，我不禁心想到底是怎麼打的才會卡在那種地方。

「除了親近的人之外，不需要其他人的信賴。一大群不特定的人的期待壓在自己身上，只會讓自己更沉重而已。」

美濃學姊這麼說著，便轉了轉肩膀，做出疲累不堪的動作。

「畢竟美濃學姊受到大家的期待嘛。」

「看起來是這樣嗎？」

「是啊，那當然。」

我點點頭之後，美濃學姊只是苦笑著繼續眺望天花板。還以為她會接著做出什麼回應，卻撲了個空。

就這樣沉默不語的時間令我難以忍受，我變換了一個話題。

「這麼說來，美濃學姊之前被同年級的人告白了吧。」

「對啊。」

美濃學姊感覺沒什麼興趣地這麼回應。比起這件事，我的球鞋似乎更吸引她的注意力，那張漂亮的臉也跟著湊近過來。

「志乃原，這是妳的新鞋嗎？很好看耶。」

「喔，對啊。是請媽媽買給我的。」

「是喔，真不錯。我也——」

話說到一半，美濃學姊便搖了搖頭。

「怎麼了嗎？」

「沒事。那就開始練習吧。」

美濃學姊這麼說著，她的上半身就像鐘擺一樣晃了晃，然後跳著站了起來。這種地方就能感受到她的體能很好，我也跟在美濃學姊的身後過去。

一進到球場之後，三年級的學生們很快就跑到美濃學姊身邊，我默默地從人群中退開了。

只有高年級的人湊在一起的圈子，我覺得待起來有點不自在。

——好厲害啊。

總是會有人圍繞在美濃學姊身邊。總有一天我也想跟她一樣，成為可以一直帶領周遭的人的存在。學長姊當中有個值得尊敬的人，想必是一件很幸運的事。

「欸，真由，妳剛才跟美濃學姊在聊些什麼？」

來到身邊的朋友向我問道。

「是祕密～」

「好好喔——妳都能跟美濃學姊單獨聊天。」

我自己也這麼覺得。美濃學姊長相漂亮，但也因此有種難以親近的感覺，對於一般的學弟妹來說，光是要去跟她說些事務上的聯絡都得鼓起勇氣。

但我只因為對於戀愛的價值觀一致，就逕自抱持著親近感，讓我能積極地跟她搭話。

就算在社團當中，可以跟美濃學姊聊上這麼多的學妹也只有我而已，這件事在我自己心裡也是一種自豪。

美濃學姊率領的這個社團，對我來說是充滿刺激的地方。

我在女籃當中有很多同甘共苦的朋友。

這裡同時具備了在我至今的人生當中從未感受過的獨特緊張感，我對於往後自己能在這裡學到什麼懷著很大的期待。

未來一定有著新鮮的樂趣在等著我。

未來一定會讓我學到新的事物。

——然而我在女籃學到的東西並非羈絆之類，也不是努力。

而是我不該接受戀愛諮詢。

還有不懂戀愛的話，會很難生存下去。

以及配合多數人的意見，日子才會過得比較輕鬆。

像這樣經歷過各式各樣的經驗之後，升上高中過了不久，我的價值觀又一點一點產生了變化。

◇

◆

──戀愛真的是一件這麼美好的事嗎？

就算升上高中，我還是沒辦法坦率認為那是一件好事。

但自從因為不懂戀愛而讓難以生存的狀況變得顯著之後，我也不得不開始思考。

要是再這樣什麼事也不做的話，會越來越難以跟上朋友的話題。

我知道自己會認為戀愛話題很無聊，是因為自己從來不曾站在當事者的立場。我很明白不談戀愛的自己是個異端分子。

雖然心知肚明，但只要爸媽的事一閃過腦海，我就無法採取行動，無論過了多久狀況都不會改善。

我不禁想著如果可以跟紅色小牛一樣一直點著頭，並早點結束這一切就好了。

在小團體中聊天的時候，只要講到自己不知道的話題，時間就會過得特別緩慢。我最討厭這段時間了。感覺就像一直被別人告誡自己不正常一樣。

……我不要再這樣下去了。

我喜歡開心的事情。卻因為不懂戀愛的關係，害我跟朋友之間的對話越來越無趣。我的生活日常也跟著漸漸褪色。本來是七彩的景色，漸漸渲染成黑白。

我並不是要在戀愛這件事本身追求些什麼，我想要的是基於戀愛帶來的附加價值。

要將重心擺在戀愛的哪個部分，根據每人的價值觀而各有不同，但我想要的只有「開心」這個心情而已。

人生只有一次，因此開心的事情當然是越多越好。我回想起爸媽也總是在日常生活中追求快樂，沒想到我自己也跟他們有相似的地方，這多少讓我覺得不太高興，但沒辦法，畢竟這就是我的生存方式。

——那麼，我該採取什麼行動？

如果跟周遭之間的差異是讓我感到不開心的主因，那只要跟周遭的人一樣就行了。

自從產生這樣的想法，在面對異性時，我就會特別留心於自己的言行舉止。

當我改善了至今冷淡的態度，我也交到了很多男性朋友。在這當中，應該會有我喜歡的人才對。

……但現實沒這麼簡單。

感覺會喜歡上的男生一個也沒有，我從來沒有接受過人家對我的告白。

就在這樣的狀況下，高二夏天時，朋友優子向我問了不知道是第幾次的問題。

「欸，真由。妳從來沒有談過戀愛是真的嗎？所以妳才甩掉辰學長嗎？」

「不是啦。只是因為我們都還沒有很熟，所以感覺有點害怕嘛。」

「什麼？他感覺人很好耶。」

「男人就是大野狼！優子也是，要是一個不注意，都不知道會被妳男朋友怎樣喔……」

我用開玩笑的語氣這麼蒙混過去。只要說出這種感覺的話，大家就會笑起來，不再追問下去。只要身在具有一定程度的貞操觀念的小團體當中，跟性有關的那種赤裸裸的話題感覺還像是很遙遠的事情，大家都是對此抱持著興趣，也帶著一些恐懼。

高中這樣的環境下，男生大多還對女生抱持著夢想。而且現在的我們對於這件事情，比起感興趣，覺得可怕的情感還比較強烈。

但是，這樣的平衡在突然間就被打破了。

聽我這麼回應的優子漲紅了臉，大家不禁面面相覷。

「咦？終於嗎？」

我這麼一問，優子便轉過頭去。

「……這、這個話題就先別聊了吧！」

光是這一句話，身邊的朋友們就接連向優子提出問題。優子雖然感到害羞，還是一一地做出回答。

大家心中的天秤，都漸漸從恐懼傾向感興趣了。

我的天秤卻一動也不動。

唉，又要被拋下了。

跟我要好的朋友們，要一步步踏入不同的世界了。我所不知道的，大人的世界。至今從來沒有產生過想交男朋友的念頭。也都不曾抱持過戀愛的情感。

但是，眼前有個只有自己不知道的世界，讓我內心的焦躁感越加膨脹起來。

再這樣下去，我是不是就會步上跟大家不一樣的道路了呢？當然，如果我的價值觀認同這點倒是沒問題。

然而，我還是會跟大家一樣追求普通的幸福。而對我來說普通的幸福也包含戀愛在內，所以才會更感到焦躁。

明明對戀愛沒有興趣，覺得自己非得戀愛才行的強迫觀念卻越來越強。「增加快樂的時間」這種受到爸媽影響的價值觀，就結果來說讓我感到痛苦不已。

明知這樣是本末倒置，卻還是無法放棄。

希望有人來破壞我構築起來的價值觀。

「有沒有哪個不錯的對象啊……」

在自家不禁脫口而出的這句話，每天都不絕於耳，司空見慣。但這想必是第一次從我口中說出來。

當然，意思跟大家所說的應該有點不太一樣。

大家口中不錯的對象，是可以跨越自己設立的門檻的人。一如期望的人。

而對我來說不錯的對象是——

為了大考還算滿努力地念了書，並考上了知名的大學。

沒有比這裡還更適合謳歌最後一段學生生活的環境了。

我在這裡有很多想做的事情。

我想學習。我想再加入一次社團。我想認識很多人，吸收各種價值觀。然後——然後，我想談戀愛。我想交個男朋友，體驗看看情侶會做的事情。

所以，我瞞著朋友參加了一二年級的聯合露營。要是一直跟朋友待在一起，一定又會變成跟平常一樣。

這段大學生活中，我要是沒辦法談戀愛，想必就再也沒有機會了。所以我比平常還更提起勁參加了象徵繽紛大學生活的聯合露營。

人都說戀愛總是突然展開，但那是指第幾次的戀愛呢？從來沒有墜入過愛河的我，想必無法套上這句話。因為那跟「從來沒有交過男朋友」是不一樣的狀況。

這次露營既是第一次，也是最後一次機會。我得抱持這樣的心理準備參加才行。

所以我也故意沒有加入同性的小圈子，就是一味地等待。等著異性來找我搭話。竟然做到這種地步，我的倫理觀想必跟一般人有所偏差。但我要是做平常的自己就沒辦法談戀愛，因此我必須有所改變才行。

——來了。

聽見一聲吊兒郎當的開朗聲音，我抬起頭來。

「妳一個人嗎？」

雖然自己講也有點奇怪，但我很可愛。我沒有因為受惠於本身的素質就坐享其成，無論化妝還是穿著打扮我都很努力。

所以至今被異性搭訕的機會不只一兩次，也被告白了好幾次。但我都完全想像不到自己喜歡上對方的樣子，因此全都拒絕了。

但要是下次再被人告白，無論對方是誰就先交往看看吧。我是這麼想的。

「對。我叫志乃原真由。」

我挺身拿出氣勢這麼說了之後，帥氣地剪了狼尾頭的青年便開心地笑了。

「哎呀，突然就做了自我介紹，妳還真是有趣耶！我是元坂遊動，怎麼樣，等一下要不要跟我們這群人一起玩玩？」

輕浮的口氣，想找樂子的欲求全寫在臉上，但一張臉蛋還滿工整的，應該滿受女生歡迎才是。

或許因為我一直以綜觀一切的眼光看待戀愛這件事，因此沒有被遊動學長散發出的氛圍給壓倒。

應該是因為有著一張被分類為帥哥的外貌，我很明顯地感受得出他對自己自信滿滿。他會大聲地重複自己的發言大概也是這個關係吧。但就炒熱整個場子來說，有他這樣的人在確實幫了大忙。

待在一個聚集了陌生人的圈子裡，有他在會讓人感到心安，他一定是這樣的存在。而且他還是自願位於那樣的立場，所以遊動學長一定知道很多、很多我所不知道的世界。

看著自我肯定感很高的人，感覺就很爽快。比起那種相處在一起時只會說些負面發言的人，跟他一定可以度過更開心的時光。

聯合露營這樣非日常的活動，急速縮短了我跟遊動學長之間的距離。

與其說是縮短，應該說遊動學長的追求越來越露骨，而我也沒有拒絕的狀態。

一百多個人的團體包下山區這一帶的非日常感，也壯大了我們學生的膽子。

露營是四天三夜。

儘管我沒有在遊動學長面前表露出真正的一面，但也度過了一段滿開心的時光。

接著到了最後一天的晚上，遊動學長終於把我叫到小木屋的陽台。

「真由妳啊，現在有男朋友嗎？」

「沒有啊。有的話我現在應該就不會在這裡了吧。」

我這麼回應道，並看向室內。

小木屋裡放了一整排大量的保冷箱，好幾個學生為了醒酒而睡倒在地。

包下了所有位於山腳的小木屋，而我們所在的這間小木屋是保管酒品的地方。

有好幾十瓶保冷箱放不下的罐裝啤酒及氣泡酒，全都浮在儲了冷水的浴缸裡。

「喝不夠嗎？」

注意到我視線的遊動學長，感覺抱著些許期待地這麼問道。

「不，我還未成年。」

「哈哈，乖寶寶喔。」

才不是呢。我在內心這麼做出回應。

只不過是未成年喝酒，無論哪一所大學都隨處可見，因此我也不會感到多麼抵抗。

會因為未成年飲酒而鬧得很大的頂多只有藝人，對我來說來參加這場露營活動，是抱持著要喝酒也可以的心情。我本來就對於跟大家把酒言歡這樣的光景抱持憧憬。

但展現在眼前的光景卻是——埋頭在事先準備好的紙箱中嘔吐，用水漱了漱剛吐完的那張嘴之後又開始喝，接著又再吐。只是將一口氣喝乾當作懲罰遊戲在玩，然後一味地喧鬧而已。現狀跟我想像中喝酒的情境相差太大，讓我不想在這個場合喝酒。或許是察覺了這一點，遊動學長也揚起嘴角。

「我不會像那樣勉強妳喝酒啦。」

「……我家的人都不太會喝酒呢。」

「那要去跳舞嗎？有個帶了ＤＪ器材來的學長，好像在另一邊的小木屋玩得很開心的樣子。」

「不用了。」

聽我用冷漠的語氣這麼說，遊動學長感到困惑地歪過了頭。

畢竟三天來我都沒有用過現在這樣的態度，這也是理所當然。回想起當初的目的，強迫自己擠出笑容。

「所以呢，遊動學長？你要跟我說什麼？」

「真由，妳是不是在勉強自己擠出笑容？」

遊動學長這一句話，讓我不禁僵住了表情。

這三天來，我知道遊動學長雖然輕浮，但他其實很常關注他人的表情。第二天喝醉的遊動學長就是個不堪入目之物，但看著清醒時的他，某種程度上能理解身邊的女生為何會對他投以熱情的視線。

「我偶爾會勉強自己擠出笑容。」

這是我第一次向人坦言的真心話。

我對朋友說不出口。也不想跟爸媽說。

然而我之所以可以對遊動學長坦言，是因為我們才剛認識不久。而且我或多或少也有受到這場露營氣氛的影響。

遊動學長只是在淺淺地笑了笑之後，搔了搔他挺拔的鼻子。

「讓我聽妳繼續說下去吧。」

我並不是想聽他回應我什麼，因此這讓我感到很煎熬。但畢竟是我先開啟了這個話題，或許我就是有義務做出這點程度的回答。

「就算是跟要好的朋友相處時，我也很常帶著陪笑的表情。陪笑這件事本身或許大家多少都會做……但我的頻率大概比一般人再多一點吧。」

「是喔。妳覺得這是為什麼？」

「我在想會不會是因為沒有戀人的關係。」

跟其他人身處不一樣的狀態時，也會很難對同一個話題產生共鳴。所以我才會為了成為一般人而參加這場露營。而且這個目的眼看就快要達成了。

「真由，妳至今跟幾個人交往過呢？」

「……我沒跟人交往過。」

「竟然！」

聽他感到驚訝的語氣，我稍稍垂下頭去。只是說了至今都沒跟人交往過就是這樣的反應，要是說從來沒有產生過戀愛的心情，他又會怎麼想呢？

「是喔，所以才會這樣啊。嗯，那妳這個煩惱很快就能解決了嘛。」

遊動學長對著我親切地笑了笑。

看來剛才的預感似乎猜中了。

「真由，跟我交往吧。」

這是我這輩子被人告白的經驗當中，最為輕浮的語氣。

他肯定相當習慣說出這句話吧。

明明都還沒約會過，怎麼知道喜不喜歡對方呢？我本來想這麼問，但還是放棄了。

「好啊。」

既然是用這種態度做出對一些人來說應該是相當重要的告白，他應該一如預想那樣有著豐富的戀愛經驗吧。

——我想體驗看看情侶會做的事。

我也想跟大家一樣。如果是這個人，應該能好好主導吧。就算我對戀愛不感興趣，他應該也會告訴我各種事情。

這麼一想，我就第一次答應了人家的告白。

不知道遊動學長對於這個回答覺得開不開心？我驚訝於內心浮現這樣一本正經的想法，一邊微微抬起視線朝他看去。

但這個回答似乎正如遊動學長的預想，他並沒有做出太大的反應。

在眼角餘光散發光輝的整片星塵完全不為所動。

◇◆

開始交往之後，我們約會了好幾次。

遊動學長挑選的約會行程都很有品味，不但滿足了我心中「像是情侶」的基準，每次約會也都讓我感到很新鮮。

跟異性兩人一起出去玩有著許多好處。有些設施會推出便宜的情侶優惠，也能頻繁前往平常總覺得有點難踏入的拉麵店。只要上網一查就會出現很多針對情侶舉辦的活動，也累積了很多要是沒有跟人交往就無法體驗的經驗。

遊動學長自己也很會帶領女生，約會本身幾乎都不無聊。

大家想必也都是去這些地方玩得很開心，總覺得自己也開始追上周遭的人，為此心生喜悅。

但是，這樣的約會總是會有一件令我感到很麻煩的事。

「欸，真由。」

「怎麼了？」

「今天要不要來我家？」

每當約會要結束時，遊動學長都會約我去他家。

我也不是孩子了，當然明白這樣的邀約代表什麼意思。畢竟我們是情侶，當然總有一天也會變成會做「那種事情」的關係。

我很清楚這點。而且在成為他女朋友的當下，我也做好了一定程度的覺悟，認為自己總有一天也會想了解那樣的世界。

但這件事一旦擺在眼前，我又會裹足不前。

除了對於做這件事本身感到的恐懼，也有其他的理由。

一旦做了，往後內心對於做這件事的門檻就會越來越低。總有一天會變得像是理所當然般，在日常生活中也會有肉體上的關係。交往之後過了大概三個月。一想到是不是還太早了，我的腦海中就會對於要跟這個人發生關係感到很不自在。

成為大學生之後，說到情侶般的事情，肉體關係當然也包含在內。這個行為明明就包含在我所追求的事情當中，不知為何我卻感到退縮。

我跟遊動學長就只牽手過一次，而且時間還很短暫。在那之後我總覺得不太喜歡被他觸碰，若無其事地迴避開他的肢體碰觸。我對於戀人應該不具備什麼理想才對。

我喜歡我自己。

正因為如此，我喜歡他不如喜歡自己，要委身這個人讓我產生疑問。但一有了這樣的想法，想必無論過了多久，那樣的機會都不會降臨。無論過了多久，我都無法長大成人。也會跟不上大家的腳步。

「不來嗎？」

「……嗯。我還是有點……」

我都不知道這已經是第幾次拒絕他了。一開始遊動學長也是笑笑地沒說什麼，但我最近感受得出他有些煩躁的心情。

「欸，真由。妳想改變自己吧？」

「對。遊動學長成為我的男朋友，這種開心的心情是千真萬確。因為多虧如此，讓我變得普通了。」

「那也差不多了吧？」

約會結束時，他總是會約我去他家，但這還是第一次表露出不高興的心情。

最近在約會結束時，他話總是會變少，應該是因為在想其他事情吧。我也發現他預約的餐廳總是會在賓館附近。

「遊動學長，你為什麼向我告白呢？」

「因為交往起來感覺會很開心。」

「嗯，我想也是。」

成了大學生之後，男女的交往在某種層面也出現事後才附加上喜歡這種心情的解釋。出了社會之後，這個層面想必會漸漸增加。

甚至也有人是在做的事都做了之後才開始交往。也絕對有人是只要沒有跨越自己心中某種程度的門檻，就不會拒絕異性。

我原以為自己說不定也是那種人。

「我們差不多該走了吧。」

遊動學長溫柔地摸了摸我的頭。

「不要！」

我忍不住拉開了跟遊動學長之間的距離。頭頂上帶來的感覺豈止不自在而已，甚至該以感到厭惡來形容。

「啊？為什麼？」

「就是……總覺得還太快了……」

我自己都覺得這個理由實在說不過去。只不過是摸摸頭，想必是每一對情侶都會做的事。僅次於牽手的這個門檻，只要過了幾個月，大家應該都能輕鬆跨越。

我自知這樣的拒絕方式並非女朋友會有的態度。但正因為如此，跟遊動學長交往之後我更明確地搞懂了。

看樣子，我意外地是想談一場重視自己心情的戀愛。分明至今都對戀愛不感興趣，何況還只因為想做些情侶般的事情就跟人交往。但毫無疑問地，我依然自以為是地渴望著純愛。

「……對不起，遊動學長。」

「不要對我道歉好嗎。這讓我覺得好像很難堪。」

遊動學長這次更是明顯地皺起了臉，輕輕地嘖了一聲。傷到他的自尊所產生的罪惡感，讓我再次對他低頭。

我擺出那種故弄玄虛的態度，接受了他的告白，但又只因為「感覺好像不太對」這種曖昧的理由而拒絕他的肢體接觸。連我自己都覺得滿過分的。

「對不起。」

我又下意識向他道了歉，接著不禁伸手摀住嘴。

不知道他是怎麼看待這個動作的，只見遊動學長撇了撇嘴。

「一天到晚擺出那種心機的可愛態度，現在這樣說不過去吧。」

「咦？」

我發出呆呆的聲音，並抬起頭來。遊動學長一邊整理著用髮蠟固定的瀏海，臉上也露出不滿的表情。

「詐欺也該有個限度吧。平常都用那種撒嬌般向上抬的眼神看我之類。」

我一時無法理解這句話的意思，不禁眨了眨眼。

——他誤會了。

對我來說，刻意想露出那種撒嬌般的眼神是很簡單，但反過來說若非刻意有這個想法就辦不到。就算因為胡鬧而有對同性朋友使出撒嬌般眼神的機會，我都會特別留意不對異性做出這個舉動。明明不想交男朋友卻做出那種行動就跟詐欺沒什麼兩樣，我也會努力不讓遊動學長覺得我太可愛。

因為我還沒真的將遊動學長視為戀人喜歡上他。豈止如此，最近甚至覺得就連喜不喜歡他的為人都很難說。

但遊動學長並沒有察覺到我這樣的想法，很不客氣地繼續說了下去：

「或許妳沒有那個意思，但這種事情是端看我怎麼想吧。真的就像詐欺一樣。」

跟他交往的原因是想體驗情侶會做的事情。

儘管是在這樣的狀況下，遊動學長的這番話還是讓我大受打擊。無論理由為何，他都是我的第一任男朋友。

是不是因為我基於隨便的理由就交了個男朋友，神才會對我降下這樣的懲罰？但是神啊，就算真是如此，賦予我無謂試煉的祢也難辭其咎吧。造就出一個讓我深植不同於他人價值觀的環境，也是祢的責任。

這樣的想法掠過我的腦海之後，我不禁對於現在這個狀況感到很不滿。

為什麼就只有我不能正常地談場戀愛呢？是因為爸媽離婚而改變了我的價值觀嗎？

我正因為想改變這樣的價值觀而掙扎。

但無論過程如何，都不能懷著以自我為中心的想法跟人展開交往吧。因為自我中心的理由而將第三者捲入其中。我也在無意間做出跟爸媽同樣的事，不禁自嘲地笑了。

「你喜歡我哪一點呢？」

我一直很在意。遊動學長每次約會都會讓我玩得很開心。但我總是會陷入一種像是被他鑑定的感覺。

「臉。」

遊動學長這麼一說，就閉上嘴了。以為還有後續的我撲了個空，忍不住凝視著他。

「就這樣而已嗎？」

「目前就這樣。我是先喜歡上外表，接著才會看性格的那種類型。」

遊動學長這麼說完隔了一拍，接著對我說：

「但說真的，我們已經到了光是這樣會很辛苦的時期了。」

「這樣……啊。」

我有努力在自己的外表下了很多工夫。所以他喜歡我經過一番努力的外貌確實讓我感到開心。但他應該立刻就能想到只做出這個回答是一件令人難過的事才對。

遊動學長勉強也是受到女生歡迎的人，他絕對明白這一點。

「剛才聽妳說到自己變得普通這句話時我是沒多說什麼啦。但因為想變得普通才想談戀愛這個思考模式本身就很有偏差。妳起初的想法就有所偏差了。雖然我從一開始露營那時就這麼想了啦。」

遊動學長繼續說著不留情面的話。這想必是他的真心話吧。就像我本來就沒有對他敞開心胸一樣，一直以來他也對我隱瞞真心話。

站在旁觀者的立場看來這是非常理所當然的事情，一旦成為當事人就自以為是地逕自受到打擊，我都覺得自己的腦袋有點問題。

「認為『喜歡』這樣的情感就是一切的年紀啊，早就結束了。一個男人想跟人交往的心情當中，就是摻雜著色慾、面子等等許多要素在內。女人也是好嗎，儘管這些要素的比例確實是不太一樣，但也大同小異吧。」

「我知道也是有這樣的戀愛。但我——」

「我們都已經是大學生了。妳還要說這種屁孩般的話到什麼時候啊？」

帶著怒氣的口吻。他想必是刻意表現得情緒化吧。想等著我道歉，並打算再次架構出主導權在自己手中的關係。我沒有任何證據，但就是這麼覺得。

不過這次的事情是我自己造的孽。雖然遊動學長的發言跟態度確實很令人不爽，但他恐怕也確實有著抓住要點的主張。說到頭來，遊動學長也算是被捲入我想談戀愛這樣自私期望之中的被害者。

我腦中確實理解這一點。

但我的個性並沒有溫柔婉約到被他說成這樣還默不吭聲。

「你也太得意忘形了。」

「咦？」

遊動學長一時做出不知所措的反應。明明是他先對我進行這一番言語攻擊，但似乎沒有料想到會被這麼回嘴的樣子。

「我不知道你至今都是遇見怎樣的女性。我也不知道你身邊都是什麼樣的人。或許在你的交友圈當中，是有很多這樣的人。」

每個人身處的環境都不一樣。明明如此，為什麼有辦法只因為意見跟身邊的人一致，就能理直氣壯地說自己是正確的呢？

「但我並不一樣。我很珍惜我自己。因為，我最喜歡我自己了。既然如此，不想被自己不喜歡的人觸碰也是理所當然的吧。」

聽我這麼說，他說不定覺得是我豁出去了。

但我現在已經下定決心。

只要不是能讓我做自己的地方，我就絕對不會去。至少在跟可能會成為情侶的人相處的時候，我想做我自己。

把心裡想講的話說完，遊動學長說著一串「我不是那個意思」之類的辯解之後，馬上就向我道歉了。

與其是因為喜歡我而道歉，那番話聽起來更像是意氣用事，是因為要是現在分手了就太不划算了才道歉。

——我真是難堪。

回想起自己至今的行動，我打從心底這麼想。

我又從幻想之中清醒過來了。

至今都沒有談過戀愛的人，突然就跟第一次見面就覺得不太合拍的人交往，心情怎麼可能有辦法跟得上。

但是，我已經下定決心了。

我絕對要找到一個可以讓我做自己的地方。

總之就先從現在所處的環境開始，改變成讓我可以做自己的地方。

我相信這一定能連接到我的幸福。

「平安夜我會先預約好餐廳喔。」

聽我這麼說，遊動學長露出困惑的表情。

一星期後即將到來的平安夜，是一般情侶都會玩得很開心的日子。應該沒有男朋友會對這個邀約感到不高興吧。

遊動學長大概也因為我的邀約而轉換了心情，他先做了一次深呼吸，最後才終於開口。

「嗯，當然。真由，我絕對會讓妳喜歡上我。」

……就只有回應說得這麼好聽。

我的心情都已經澈底冷了。

見他露出爽朗的笑容，我也笑了開來作為回應。

◇◆

「——咦？」

在朋友的通知下，我找到一個ＩＧ帳號。

剛才遊動學長貼出的那張照片上，出現一個從沒見過的女性。只是這點事情我不會放在心上，但朋友說希望我去看看那個女性的帳號。

在遊動學長身邊，單手拿著罐裝氣泡酒並做出眨眼表情的女性。我點了一下照片，就跳轉到那個女性的帳號去了。

在她過去的貼文一覽中，全是在介紹自己買的東西，或是旅行的照片。乍看之下沒什麼奇怪的地方，但我還是沒有多想地按下她的頭像確認限時動態。限時動態二十四小時後就會被刪除，跟貼文又是不太一樣的一種機能。

跟會永遠留下來的貼文不一樣，想發表一些平凡無奇的日常時，常會使用這個限時動態的機能。

就在我看了一下她的限時動態時，滑著手機的手指不禁停了下來。

『第三次來UNI海洋樂園！遊動，這兩天謝謝你啦♫』

照片上還很親切地附上標示出昨天日期的門票。當遊動學長跟我說這星期要回老家的當下我就覺得事有蹊蹺了，沒想到他竟然這麼掉以輕心。

被劈腿我當然很生氣，但我更氣的是他的手法竟然這麼愚蠢，又粗糙到被人揭穿。

傳LINE跟朋友道謝之後，我毫不猶豫就撥了通電話給遊動學長。自從交往以來我也打過好幾次電話給他，但這還是我第一次覺得撥號聲聽起來這麼冷冰冰。

『喂——』

傳來一道語氣聽起來有些雀躍的應聲。我很少主動打電話給他。這似乎讓他覺得滿開心的，我不禁撇了撇嘴。

儘管劈腿了，他還是對我滿有好感的樣子。

「遊動學長，你喜歡我的地方還是只有臉嗎？」

『不，我現在全都滿喜歡的喔！』

「這樣啊。遊動學長，你劈腿了嗎？」

我語氣伶俐地這麼一問，電話那頭傳來『咦？為什麼這麼問？』的回答。

儘管我也沒有想了解遊動學長，但他這樣的態度就讓我察覺出來了。

『不，不不不，什麼跟什麼啊？不就跟妳說了我這星期回老家啊。』

「你跟由季的主題樂園約會玩得開心嗎？」

我沒有將「看你們好像還玩了兩天一夜」這句話說出口。他應該會在聽到這個問題就死心了吧。

但不同於我的預測，遊動學長似乎還沒有理解過來的樣子。

『為什麼會提到由季啊？是說，妳怎麼知道由季這個人？』

「由季更新了ＩＧ的限時動態喔。你沒有告訴她不能說出去嗎？」

說了這句話，他應該總算聽懂，接著幾秒鐘的沉默降臨。我聽見電話的另一頭傳來淺淺的嘆息，這只讓我感受到滿心的不悅。

『……我想說沒有這個必要。』

「什麼？」

我不禁懷疑自己聽見了什麼。事已至此，他還說這什麼話？

『我確實是跑去主題樂園玩了，但真的只是去玩而已。』

「明明就玩了兩天一夜？」

我自己這麼說完，不禁覺得搞砸了並咬著嘴唇。他應該不知道這件事我掌握到這種程度才是。

當他要辯稱只是當天來回的時候說出口，想必會帶來更大的效果。

他這次雖然輕忽了，但遊動學長平常腦筋轉得很快。光是從約會的安排以及平常聊天的內容當中都能看得出來。雖然喝了酒之後這個能力會明顯下降，開始說起只會顧及自己的那種話，但他現在應該是清醒的。

『只是連續玩了兩天，我們沒有住在一起。我都有妳了，怎麼還會跟她過夜啊。』

「由季上傳的照片當中，有拍到飯店的收據。」

『啊？』

他脫口發出這樣簡短的一聲，接著又是一片沉默。

真是個好懂的人。這麼想著，我在內心嘆了一口氣。

「我只是在套你話而已。但是，剛才這樣的反應就讓我明白了。」

『……妳、妳不要這樣妄下定論啊！我沒有劈腿好嗎！』

「真相為何都沒差了。我就是看到由季的ＩＧ，覺得自己被劈腿。這無關遊動學長的基準是什麼。」

『不，但不管怎麼想，連接吻都沒有——』

「重點在於我會怎麼想吧。」

『即使如此，也要有個限度吧！』

遊動學長這麼說了之後，更喋喋不休地說了下去。

『對夫婦來說，失去性行為機會都被認可是離婚的理由。我們的關係雖然不是那樣，但妳在某種程度來說也有錯吧。』

「夠了。」

真的夠了。或許遊動學長也有自己的一番理論，但跟我的價值觀相去太遠了。

就算繼續跟這個人在一起，也一定等不到我能做我自己的那一天。

再交往下去也只是白白浪費彼此的時間而已。

『……我知道了，但妳先等一下。再給我一次機會就好。』

「……隨你高興吧。不過，這段關係大概很快就會結束了喔。」

『現在就先這樣也好……但平安夜要怎麼辦？妳已經預約好餐廳了吧。』

「我再去取消就好了。不管怎麼說，我也沒有那種心情。」

『也、也是。那就，呃……改天見。』

聽他客氣地留下這句話之後，我便掛了電話。

遊動學長會阻止我提分手，一定是因為怕被我甩吧。

而這個理由也並非他喜歡我，而是基於他的自尊心。

他之前就說過「我交女朋友都是無縫接軌」這種話，因此現在的我應該就是處於銜接狀態吧。直到自己找到候補女友之前，要是分手了會很傷腦筋。

儘管明白是基於這個只讓人覺得厭惡的理論，但我還是沒有阻止他，是因為這對我也有好處。

……我想做出反擊。

我的個性可不能接受自己被擺了一道就這樣結束。

至少最後要做我自己，來結束這段關係。

雖然做我自己就是要「反擊對方」，感覺好像我的人性有待商榷一樣。但要是不從今天開始做起，我往後就會迷失這份自我了。

儘管是狼狽地重新出發，但要改變的話就從今天做起。

——對了，我也去打工看看好了。

美髮模特兒的工作也上了軌道，經濟方面很充裕，但或許可以從至今完全不一樣的方向得到刺激。

當我看著徵才資訊時，注意到了某間公司。

「就用妳的聖誕裝扮，為這個聖誕季節增添一點繽紛色彩吧」。

跟其他徵才資訊相比，很明顯地格格不入。

照片上全是一對對情侶。還有華麗的聖誕老人角色扮演。工作內容是幫忙裝飾、派對指引以及發傳單。

不知為何，看到這滿暴露的服裝，也不會感到抗拒。

這應該也是有所偏差的思考模式吧。換作一般女生，大概不會被這樣的打工吸引。

但為了找到可以做自己的地方，我敢保證絕對不能隱瞞自己並不普通的這一面。

而且，也不知道是什麼因果所致，現在正值聖誕季節。

無論媽媽，還是爸爸——他們為了讓我玩得快樂，盡全力將聖誕節的氣氛炒得很熱絡。還扮作聖誕老人，讓我感到開心不已。唯有那番心意，沒有一絲虛假。

……就試著從這裡開始好了。

雖然是有點害羞的打扮，不過可以為大家帶來聖誕節的氣氛，工作起來也感覺滿有價值的。

「而且我也想分到一點聖誕節的幸福。」

我悄聲低喃著，並拿起手機。

我一邊滑著手指一邊思考。

若是身穿聖誕節的象徵，是不是多少可以受到戀愛的眷顧呢？或許這只是個無聊又幼稚的願望罷了。

「我也好想收到禮物喔。」

一邊應徵這項徵才，我許下了小小的願望。

……希望可以邂逅一個不錯的對象。

對我來說覺得不錯的對象——就是可以接受我做自己的人。

現在，學長就在我身邊。

正在跟我體驗交往的學長，用跟平常幾乎沒什麼變的態度與我相處。

所以，我喜歡學長。因為就連在體驗交往時也是一樣的態度，就證實了即使我們的關係產生變化，學長也依然會跟現在一樣。我相信這個能做自己的地方，儘管關係有所變化也能繼續保持下去。

我一直很想確認這點，因此光是可以確認到這件事，這次的體驗交往就有意義了。

自從邂逅學長之後，經過了快半年的時間。

尤其到了最近，我總覺得認識學長之前的事，好像已經過了非常久似的。這半年對我來說就是這麼濃密且充實。在一旁眼神專注地盯著吉拿棒的學長或許不會同意，但多虧有學長，我每天都過得很開心。

能夠全然接受我最真實樣貌的存在。跟學長聊天的時候，不會有像高中那樣跟不上的感覺。儘管是因為我自己多少成熟了一些，但學長的個性也有帶來影響。

學長雖然會拿不懂戀愛的我開點玩笑，但他絕對不會說出我聽了會感到不快的話。這對我來說維持在很剛好的平衡點，跟學長聊天時也讓我感到相當舒坦。

——我是不是懷有戀愛情感了呢？

學長絕對不會主動跟我成為戀人關係。他不會企圖對我出手。即使是在喝了酒的狀態下共度一晚，他都沒有對我出手，因此學長跟我這麼要好，並非基於像遊動學長那樣的理由。

學長從來沒有展現過對我的占有欲，雖然這也讓我有點無法接受，但正因為如此，我才能放心地展現出自我。

而且學長也像是在呼應這樣的我一般，暴露出很多他自己真實的一面。

對於在戀愛方面感受到與身邊的人有著隔閡的我，他也不會說些溫柔體貼的話，卻還是接受了這樣的我。學長在喜歡上一個人的時候，比起面子之類的，他只相信自己的感受。所以，這樣的學長對我抱持好感，反而讓我更加開心。

我至今從來沒有產生過認為這就是戀愛的自覺。

「但我也不會改變自己喜歡的事情喔，學長。」

「少囉嗦。」

學長沒有看向我這邊，只是將吉拿棒叼在嘴裡吃著。

我很喜歡這樣的空間，甚至連這種平凡無奇的動作都覺得可愛。

我肯定是喜歡學長的為人。而我總覺得自己已經知道這份喜歡的純粹心情，往後會怎麼發展下去了。

——總有一天，這點也要確認一下。

既然對於現在感到滿足，或許維持現狀也是一種不錯的想法。但我不禁覺得，要是抱著這種念頭而停滯下來，總有一天會為此感到後悔。

我已經很清楚，幸福是會在突然之間失去。

正因為我想好好珍惜這段關係，我才要展開行動。

因為他搞不好是我好不容易邂逅的命定之人……要是我這樣說，學長會露出怎樣的表情呢？

第9話　摩天輪持續迴轉下去

「哎呀～玩得真開心呢。」

當太陽開始西沉，志乃原一邊伸展著身體一邊這麼說。

「是啊，好久沒來，玩得超開心的。」

我也這麼回應，並舒展了肩膀的筋骨。看來一整天下來的疲憊感，在這麼早的時間就降臨了。

位於搭了幾十分鐘電車抵達的遊樂園「波波樂園」。儘管規模無法與大型主題樂園匹敵，但放眼全國也有著一定的知名度，是個很受年輕人歡迎的景點。在跟禮奈交往時，我自己也來過這裡好幾次。

我們玩了旋轉木馬、咖啡杯等等，還看了吉祥物的跳舞秀之後，轉眼間好幾個小時就過去了。

此時正在排隊的設施是我們留到最後享受，也是最受歡迎的摩天輪。

「不覺得在遊樂園吃的吉拿棒就是特別好吃嗎？」

志乃原一邊緊盯著自己的吉拿棒，滿心欽佩地這麼說。

「這倒是。我大概只有來遊樂園玩的時候才會吃，但反過來說，只要有來遊樂園就絕對會吃。」

「就是說啊。學長，我們交換吃吧。」

志乃原單手拿著原味的吉拿棒朝我遞了過來。

儘管我有些遲疑，但現在不管怎麼說還是正在體驗交往。無奈之下我也只好為了將巧克力口味的吉拿棒遞過去而伸出手。

結果，志乃原的雙眼都亮了起來。

當我產生不祥的預感時，早就為時已晚。

志乃原小小的嘴已經一口咬上我的吉拿棒。而且她還吃得比我想像中更大口，我趕緊抽回了手中的吉拿棒。

「呼噗呸！」

伴隨著一道從沒聽過的狀聲詞，吉拿棒是生還了。但果不其然——

「喂，這也太丟臉！」

志乃原這麼說著，再次咬上了我的吉拿棒。

……雖說生還，但吉拿棒也已經處於瀕死狀態，因此就這麼一鼓作氣讓她吃掉，或許還比較有所回報。

相對的，當我正盤算著也要將志乃原的吉拿棒吃掉一樣的份量時，吉拿棒就在我手中被抽了過去。

「啊，妳這混帳！」

「協長嘴也太壞。」

我覺得讓我爆粗口的人才比較壞就是了。

志乃原半睜著眼瞪我，我也不輸她地繼續對視下去。

結果志乃原忽然閉上了雙眼。

「請。」

「…………喂，這是怎樣？」

不，其實我看就知道了。

這是隨處可見的笨蛋情侶行徑。人家是Pocky遊戲，這則是吉拿棒遊戲。

「……妳就這樣閉著眼睛。」

「呼咦？」

聽我這麼說，志乃原不禁抖了一下。

「妳眼睛閉好就對了啦。」

「呃，咦？」

我接著又叮囑了一聲之後，志乃原儘管感到慌張，還是使勁地緊緊閉著雙眼。

在她睜開眼睛之前，我動作很快地咬碎從志乃原口中延伸出來的半根吉拿棒，並吃進嘴裡。淡淡的甜味便在口中擴散開來。

「嗯——還是巧克力口味才是正義。」

「…………學長。」

「怎樣啦？」

「你、你人面獸心！竟然這樣戲弄女生，這、這樣玩弄……」

「妳自己平常也都在做這種事吧，事到如今還抗議什麼。」

「我偶爾才會做出過分到這種程度的事情好嗎！」

「那就是有做啊！」

我這麼出聲抗議時，身後就傳來「下一組客人——」的聲音。我一轉頭看向摩天輪，發現前面已經沒剩多少人了。

「走吧，就快輪到我們了。」

「我被戲弄了我被戲弄了我被戲弄了！」

「妳嚇死人了，對不起嘛！」

我姑且一邊向她道歉，一邊拉過還在跺腳的志乃原的手，向前邁進。

與其說是拉過她的手，用抓著她的手臂來形容或許比較精確。

志乃原像是被我拖著一樣跟了上來，嘴裡還不斷喃喃著怨念般的話。

這甚至讓我感到有點恐怖，但還是在工作人員的指引下進到車廂。

兩人乘坐進去的瞬間，後面的門就關上了。

對我來說，真的很久沒搭摩天輪了。

「跟學長獨處了！我跟變態獨處了！」

「妳夠了快坐好啦！」

志乃原鼓著雙頰，這才在我對面的座位粗魯地坐下。緩緩地，工作人員看起來越來越遠，視野也漸漸變得遼闊。

眼下是一整片遊樂園，越是往上移動，景色就跟著越來越壯觀。這是超乎我預料的光景。但這也是理所當然，畢竟「波波樂園」的招牌並非雲霄飛車，正是這個摩天輪。

摩天輪的車廂內部雖然是密閉式的，同時也是一個浪漫的空間。

情侶一邊開心地聊天並享受眼前的景色，可說是最理想的搭乘方式了吧。當然享受摩天輪的方式不是只有這麼一種，但這肯定是任誰都曾懷抱憧憬的情境。

……但前提是自己要有辦法主導當場的氣氛就是了。

這座摩天輪繞完一圈大概會花十五分鐘，氣氛這麼微妙的話，應該會是一段相當痛苦的時間吧。

無意間，幾個月前的記憶在腦海中浮現。

跟禮奈一起搭的時候，都不乏聊天的話題。

而且聊起來的氣氛也比平常更熱絡一些，並在摩天輪到最高點時——

我不禁揮拳揍了一下自己正要湧現甜蜜記憶的頭。

看我這樣的動作，志乃原像是愣住一樣上半身往後退了一點。

「不、不用反省到這種程度也沒關係喔。我那樣生氣只是在開玩笑而已……」

「喔——是喔，那就好。」

我簡短做出回應之後，輕輕地嘆了一口氣。

有時，記憶會無意間在腦海中浮現。以為是自己被劈腿的時候，只會浮現分手前令人不悅的回憶而已，最近幾乎都是一些開心的回憶。我都不禁覺得自己有夠樂天。

「學長？」

「嗯？」

「景色很漂亮呢。」

「是啊。超猛的。」

「學長竟然會說出超猛這種話，看來真的很不得了呢。」

志乃原輕聲笑了笑，單膝靠到車廂的窗邊。

喀咚、喀咚地，我們搭乘的車廂不規則地搖晃著。夕陽穿透玻璃灑了進來，但那並不是會讓人不禁想閉上眼的那種眩目光輝。

包覆在這樣的溫暖之中，讓我覺得有點想睡時，志乃原突然開口了。

「學長，你平常都是怎麼喜歡上一個人的呢？」

「嗯……自然而然吧。」

「哦，自然而然。」

「感覺幾乎都像是順勢就發展成那樣。」

「原來如此啊。不過一般來說，大概也就是這種感覺呢。」

志乃原覺得有點無趣地嘆了一口氣。

她是不是希望我能回答就像戀愛電影那樣，有著某種戲劇性的契機呢？

很可惜我不曾在路邊迎面撞上咬著麵包的女高中生，頂多只有撞上在發傳單的聖誕老人而已……那也是滿戲劇性的，但我並沒有愛上志乃原，所以在此就另當別論。

「這麼說來，學長，來這個遊樂園玩的情侶好像都會分手喔。」

「噗哈！這傳說真令人懷念啊。」

摩天輪也剛好快要來到最高點，這時說起這件事讓我不禁噴笑出來。

還在念高中的時候，「波波樂園」確實被揶揄成容易導致情侶分手的約會行程。

但我們已經是大學生了。這種謠傳不過是笑完就能置之不理的程度。

「這麼說來，我跟遊動學長來這裡玩過之後，下個星期就分手了。」

「我也是跟禮奈來這裡玩的兩個月後分手。」

「……雖然是我自己說想來這裡玩的，但是不是不太吉利啊？」

志乃原這麼說著，表情看起來有些陰沉。

看著學妹露出這種表情，我聳了聳肩。

「畢竟情侶大多都會分手嘛。有越多情侶來這邊玩，分手的總數也會增加吧。」

「也、也是呢。學長說得真好！」

志乃原偶爾會露出容易受到這種八卦類型的謠言影響的一面。像是那個戀愛節目她都會準時收看，因此確實也不會感到太過意外，但她又是實事求是的個性，才會給我一種不協調的感覺。

但這個年紀要是能凡事都實事求是的話，也不用這麼辛苦了。

「我們都已經是大學生了耶。情侶之所以會分手，單純都是當事人之間的問題吧。」

「的確呢，像學長跟禮奈也是這種感覺嘛。」

「別在我傷口上撒鹽好嗎，我都有在反省了。」

聽到這個合時合宜的玩笑，我便露出苦笑。

但沒想到志乃原卻以認真的語氣做出回應。

「我之前也說過了，但你真的有反省的必要嗎？」

「咦？當然有啊。」

「確實……是不能斷言沒有必要。但真的有必要改變嗎？應該說，我不希望學長有所改變耶。」

「妳剛才也有這樣說過吧。」

「啊，你果然有聽到嘛。」

志乃原吐了吐舌頭。

她感覺很害羞似的，而且還能看出面露一絲悔恨的神色。

「我可以問妳為什麼這樣想嗎？」

「沒有啦……也沒什麼大不了的理由。」

我沒有對這句話做出回應，只是靜靜等著她回答。

從腳邊傳來車廂小小的震動。

志乃原先是晃了晃兩隻腳，最後我聽見她淺淺吸了一口氣的聲音。

「我們換個話題吧。」

可能是要重振心情，志乃原在輕咳兩聲之後接續說道。

「咦？要換話題喔。」

我不禁這麼脫口。我也不是要硬逼她說清楚，因此沒有想追問下去，但話題就停在這裡總會讓我覺得心癢難撓。

「請別露出那種表情，我總有一天會跟你說的。我早就決定好今天有事情要認真問學長了。所以我想以這件事為優先。」

「我這種在意到心癢癢的心情到底要往哪裡發洩才好啊！」

「啊——真是的，聽我說啦！我很想問學長，到底要怎麼樣才會喜歡上異性啊！」

「妳剛才也問過這個問題了耶。」

「我想得到更有建設性的回答！」

志乃原擺了擺手，繼續說了下去：

「學長，你是喜歡我哪一點呢？」

「什麼？」

「呃，不是男女那種！就是以我的為人來說！」

「喔喔，原來如此。」

我聽懂她的意思之後，鬆了一口氣。要承認這件事是有點不爽，但志乃原這個提問也讓我不得不點頭承認。說穿了，要是不喜歡這個人，也不會讓她在一星期內進到家裡好幾次。

家對我來說是個平靜放鬆的地方。即使有我不喜歡的人想來，就算只有一天我應該也不會讓對方踏入我家。

當我想著這些事情時，志乃原像是感到不安地站了起來。

「你、你應該是喜歡我這個人的吧！」

「當然啊。不然就算妳跑來我家，我也會把妳趕出去好嗎。」

我這麼回答之後，志乃原做出有些呆住的反應，這才坐下來並揚起了笑。

「你就是這麼不坦率耶～～」

「我已經說得夠坦率了吧。而且妳想問的就是這種理所當然的事喔？」

「竟然說這是理所當然啊，學長。我們之間的關係已經滿深厚了呢……這真令我感到開心。」

「吵死了白痴。」

「不要說我是白痴——！」

志乃原挺出身子，雙手在我大腿上使勁地打了幾下。

感覺好像比平常還更不懂得控制力道，應該是我誤會了吧。

拿她沒轍，我只好開口說出自己的想法。

「喜歡上一個人的契機常是聊天聊得來，然後莫名就會有種來電的感覺吧。」

「完全沒辦法當作參考，請你重來。」

……就算這樣講，總不能說謊吧。或許志乃原是在摸索自己有沒有像我說的這種情感，但要是做出虛偽的回答對她也沒有助益。

「抱歉，但契機真的都不過是這樣而已。」

我用平淡的語氣這麼說。

結果，志乃原像是想說些什麼並動了動嘴，但最後還是低下頭去。

說不定志乃原是真的很期待我的回答。

期待因為我的回答，足以讓她自己的想法產生變化。期待自己的價值觀，可以傾向自己期望的方向。我不知道她這麼想談戀愛的理由是什麼。

當自己的生活安上了戀愛，日常確實是會顯得更加繽紛。但就算沒有，靠自己也是足夠讓生活過得充實。因為在這個現代社會當中，流通著許多為此而產生的道具。

「我啊，還是第一次跟一個異性建立起這麼深厚的關係。雖然跟人交往過，但應該說那時都沒有展現出真正的自我嗎——說穿了，若以戀愛層面來說，我從來就沒有對異性產生過喜歡的情感。」

「那小學時的初戀呢？」

「我是在那之後，才確立了現在的我這樣的個性。」

志乃原說著「我一直都很想問你」，並緩緩地起了身。

「一般人很快就會墜入愛河。從異性朋友變成戀人。認識之後，很快就成為戀人了。我很想知道究竟是心情上什麼樣的變化，才會讓人墜入愛河。」

志乃原滔滔不絕地這麼說著，一股勁地就朝我逼近。

當我下意識想要閃避時，我的頭被卡在志乃原的雙手之間，動彈不得。身為一個男人，被年紀比自己小的女生壁咚究竟是怎麼回事的想法隨之浮現。

「學長。請你教我何謂戀愛。」

甜美的呼息灑落在我的耳邊。

我能感受得到被她呼息碰到的地方漸漸發熱了起來。

「妳、妳靠太近了。」

「……學長，你不會覺得心跳加速嗎？」

「會啊。這狀況下任誰都會吧。」

「這樣啊。我也是……覺得心跳得很快。」

志乃原緊緊揪著自己的衣襟，並微微拉開了一點。

雖然年紀比我小，但眼角餘光瞄到了確實豐滿的地方，儘管我為了不去看而將視線往上抬起，志乃原的臉還是湊過來阻止了我。

「在此有個問題。」

「怎、怎樣？」

「這種心跳加速的感覺，是戀愛嗎？還是身體靠近異性時會產生的生理現象呢？」

「那種事——」

誰會知道？就算我有可以窺視腦內想法的能力，想解讀這件事情肯定也極為困難。

戀愛這種事只要產生了自覺就是戀愛，沒有產生自覺就不是戀愛。而且這也不算什麼定義，不過是曖昧的概念而已。

只是因為戀愛這個詞講起來好聽，才會被拿來廣泛使用。

哪有什麼可以辨明這點的行為——

「是不是只要接吻就能知道了呢？」

「笨蛋，絕對不要喔。」

我不禁注視著志乃原。

這場約會頂多是體驗交往的範疇。如果是志乃原說過的以結婚為前提的那種體驗交往就算了，在學生的這種關係下要接吻是不可能的。

而且，跟我提議體驗交往的是禮奈。這次的契機不過是禮奈的建議。自此開始的體驗交往，不可能進展到接吻。

「請你看著我啊。」

跟志乃原之間的距離又更加靠近了。

「你是在顧慮禮奈嗎？在她把我推出來的當下，就算是禮奈，應該也有考慮過這樣的可能性才是。」

「不是——」

「請你看著『我』。」

志乃原這麼說著，伸手環住我的脖子。那柔軟的感觸透過五種感官傳了過來，讓我不禁倒抽一口氣。

「現在，請你只看著我。請你只想著我就好。」

「妳先等一下。我並不想改變跟妳之間的關係啊。」

在她聽起來，這會不會像是逃避的說法呢？比起場面話，我更想告訴志乃原真心話。然而一旦像這樣化為言語，聽起來又會覺得相當空虛，讓我不禁咬緊了嘴唇。

「那是……那是當事情會變得更好的狀況下嗎？還是……」

「是當事情變得不好的狀況。事情會變成怎樣，任誰也不會知道吧。也沒有任何保證。

所以我才不想改變。」

「即使如此——我還是想挑戰看看。」

「妳這麼說是認真的嗎？」

我想拉開她貼過來的身體，於是抓住了志乃原的上臂。雖然沒有加重手中的力道，但我抱持著淡淡的期盼，希望自己的想法可以傳達給她。

儘管我的語氣很生硬，但要對抗逼近到眼前的魅力需要相當程度的氣力。只要我伸出手，就可以觸及。志乃原想必是會接受我的手。

直到車廂受到他人注目之前，就算循著本能採取行動也能被允許。明知如此還要壓抑下本能的衝動是一件困難的事。

就算我勉強靠著理性讓自己的目光不看過去，但也確實存在著根本上的欲求。

志乃原注視著這樣的我，過了一陣子之後，她總算淺淺一笑。

「……這個嘛，我是稍微測試了學長。」

這麼說著，志乃原便緩緩從我身上退開。

搔弄著鼻腔的柔軟香氣也漸漸遠離。

「學長對我來說，確實已經不是可以這麼隨便拿來打賭的存在了。」

志乃原重新坐回對面的位子，並隔著玻璃眺望著景色。

我看她這副模樣，打從心底感到放心了。

……剛才真的太危險了。我敢斷言，是至今最危險的一次。

我剛才毫無疑問地，是將志乃原視為異性看待。

為了讓心情平靜下來，我將視線投向窗外。

回過神來，車廂已經通過最高處，開始往地面降落了。

灑進來的陽光染上一片橘色，明示著夜晚即將到來。

——忽然間，夕陽一陣蕩漾。

當我轉過頭的那一瞬間，額頭傳來了妖豔的觸感。

白皙的喉嚨觸碰到我的鼻尖，延遲了我對狀況的理解。

當下傳來的是人的溫暖。志乃原送過來的信號，感覺從額頭滲透到我的全身上下。

我的本能說著「就這樣緊緊抱住她」。說著「在擁抱之後，互相確認彼此的溫暖」。

我知道自己的身體都發熱了起來。

志乃原柔軟的嘴唇從我額頭上離開後，我有好幾秒的時間都動彈不得，僵在原地。

感覺就像是永恆一般的時間，一旦結束就像是泡沫一般。

看著我的表情，志乃原揚起了嘴角。

「……失敗了。原來學長也滿有感覺的嘛。」

「妳、妳啊……知道自己做了什麼——」

「我知道啊。我親了學長的額頭。」

「重點不在這裡。」

「那重點在於，這可能是會改變我們關係的行為嗎？」

志乃原像是循著剛才的對話這麼說。

「學長，你一定是對某個人想過一樣的事情對吧。還有想改變跟你之間關係的那種，不上不下卻又強硬的行動……想必學長已經體驗過了。」

志乃原悄聲喃喃道。在夕陽的映照下，我無法從側臉看出她現在的表情。

「所以才會一再地阻止我對吧。因為維持現狀就是學長心中的正確解答。」

她這番話，讓我腦海中浮現了彩華的身影。

仔細想想，志乃原剛才一連串的行動——隱藏著可能會改變彼此間關係的行動，就跟去溫泉旅行那天彩華所做的事完全一致。

也就是說，志乃原是認真看待跟我之間的關係。在體驗交往之前，志乃原說有想確認的事情。她應該是想透過這個吻去確認吧。

我跟志乃原之間的關係會不會變得更加深厚的可能性。

這或許是我自我感覺良好。雖然難以明確斷言，但我很久之前就能感受到志乃原對於我的為人抱持好感。

如果這跟彩華之前對我採取的行動是一樣的話，現在的我對於這份心意所能做出的回答，就只有維持現狀這四個字而已。

志乃原說得對，我心中的正確解答就只有這個。

但我其實心知肚明。

我心中的正確解答並不是可以讓所有環境都能好轉的最佳解答，只不過是為了拖延幸福的現狀所做的遁逃罷了。

我自己也不知道。我不知道這麼急速在自己心中膨大起來的存在，會邁向怎樣的未來。

對於志乃原的提問，我無法給出任何自信滿滿的回答。

——即使如此，我能說的只有一件事。在此該說的，也只有一件事而已。

「我真的非常珍惜妳。這樣的情感從今以後也不會有任何改變。」

車廂大幅晃動了一下。

在晃動的餘光之中，映照出志乃原的眼睛宛如濕潤了一般的錯覺。

這句話一點也不稀奇。

任誰想必都會在某個地方聽過，毫無新鮮感的一句話。

即使如此，志乃原還是像在細細體會一般低著頭。我知道在她的腦海中，正在反覆咀嚼著這句話。

志乃原接下來開口的聲音，聽起來似乎有些沙啞。

「學長為什麼——都會對我說出我想聽的話呢？」

「因為是妳要我別改變的啊。」

聽了我的回答，志乃原眨了眨眼。

總覺得摩天輪運轉的聲音似乎變大了。

寂靜不知道是第幾次降臨於這個空間。而打破這道沉默的，是志乃原的笑聲。

「現在這是好笑的點嗎？」

我這麼一問，志乃原好像覺得很逗趣地揚起嘴角。

「因為，我沒想到你會做出這樣賠了夫人又折兵的回答啊。」

「很像我會說的話吧。」

「對，感覺學長確實會這麼說。我覺得你這種地方也很好喔。」

志乃原若無其事地這麼說，就朝外頭看了過去。

我也跟著隔著窗戶眺望起景色時，地面已經逼近到眼前，宣告這段非日常的時間也將迎來終結。

「到了後半，完全都沒在看風景了呢。」

志乃原輕聲笑了笑，就站起身來。

工作人員拿著長棍解鎖並打開車廂門之後，志乃原便輕快地降落到地面。

「學長！」

志乃原朝我伸出了手。那纖瘦的手，正殷切地等著我。

「喔。」

牽過她的手，暖和的體溫也跟著傳了過來。不同於剛才，這股溫暖讓我感受到一陣心安。

跟著指標走到廣場之後，志乃原用暢快的聲音對我說：

「那麼，體驗交往可以到此結束了。」

聽志乃原這麼說，我只回了一句「這樣啊」。

我並不感到意外。

志乃原一開始雖然希望體驗交往可以為期一週，但是經過這趟摩天輪，讓她的心境產生一些變化了吧。

「你珍惜我的心情不會改變。光是聽到這句話，體驗交往也有價值了。呵呵，原來學長這麼珍惜我啊。」

話講得這麼直白，讓我覺得害羞了起來，為了蒙混過去而冷哼了一聲。

「少囉嗦。」

「真是的，為什麼突然擺出這種冷淡反應啊！」

志乃原鼓起臉頰，不斷拍打著我的手臂。鬆開牽著的手時，她臉上似乎浮現了感到可惜的表情，是不是我多心了呢？

「那麼，學長，最後呢。從現在開始直到回家為止，請你用名字稱呼我吧。一直用『妳』稱呼人家，女生通常都會不太開心喔。」

聽她這麼說，我不禁停下腳步。

「咦？我至今都滿常這樣稱呼的吧。」

「如果是學長，平常倒是沒差啦。但我現在還是你的女朋友，當然會想被男朋友用名字稱呼啊。反正都最後了，只有一次也好。」

「這、這樣啊。也是，我完全沒有考慮到這點。」

「好了，學長。那就請說吧。」

志乃原稍微向前走了幾步，接著在我眼前轉了個圈重新面對我。

她揚起嘴角，滿心愉悅地等著我開口。

「……這麼鄭重其事反而很難開口耶。」

「好了，請說。」

只見她伴隨這個回應笑了笑，我只能死心並做好覺悟了。

我為了說出她的名字而開口。直到那兩個字脫口之前，經過了一段似乎漫長，但又好像只是轉眼之間的時光。

「……真由。」

只不過是這兩個字，卻讓我覺得比想像中還更難為情。

我不知所措地撇開了臉。

這時，她輕觸了一下我的胸膛。

「嗯。我就是很親近悠太學長的志乃原真由。」

小惡魔般的學妹，抬頭朝我露出一抹純真的笑容。

這還是我第一次差點被這樣向上看過來的眼神奪走自己的心。

忽然間一道竄過來的春季強風，將我心頭的熱意帶上了暮黃的天際。

……現在這個想法，對本人可說不出口啊。

我嘆了一口氣之後，才追過學妹，並邁步向前。

摩天輪持續迴轉下去。

★第10話　道歉～彩華side～

她就站在大學的校門前。

染了一頭漂亮的暗灰色頭髮，兼具了耀眼及沉穩氛圍的女大學生。

竟然曾跟稀有價值這麼高的女大學生交往過，那傢伙也滿不容小覷的。

一邊想著這種事情，我開口向她搭話：

「禮奈，妳好。」

「美濃……彩華。」

禮奈做出抖了一下的反應並抬起頭來，接著睜大了雙眼。

「為什麼用全名叫我啊？」

我這麼說著，並露出苦笑。

想要緩和氣氛而揚起的笑容似乎沒什麼效果，我知道自己的表情看起來很僵硬。

見我這樣的反應，相坂禮奈不知道是怎麼想的，只見她抿緊了雙唇。

「什麼事？」

「雖然早就知道了，但妳果然討厭我呢。這倒也是啦。」

我不禁嘆了一口氣。

今天來見禮奈的目的只有一個。可以的話，我想跟她去沒什麼人的地方談談。

但禮奈如果拒絕我的話，就只能在這裡達成我的目的了。

「禮奈，可以換個地方談談嗎？」

「不行。我跟朋友有約了。」

「妳是指跟那月約見面的事吧。那是騙妳的。」

「……妳為什麼會認識那月？」

禮奈這次真的皺起眉間，露出不悅的表情。

擅自被人踏入自己的交友圈，會覺得不開心是理所當然的。不過，那月也是我的朋友。

之前聽那傢伙說那月跟禮奈認識之後，我就決定若要跟禮奈見面，就要透過那月。

可以的話，我不想讓那傢伙得知接下來我要採取的行動。

「那月跟我是同一個同好會的。情人節派對的時候，禮奈也是透過那月來跟那傢伙見面的吧。就跟那次一樣。」

我這麼一說，禮奈有些垂下頭去。

……這個說法好像有點壞心眼。

我有察覺這點並反省了一下，但我還不想露出這樣的態度。

「所以呢，有什麼事嗎？就在這裡說吧。」

指定在平常就比較少人經過的校門見面，就是為了這種時候。即使如此，還是非常有可能會被其他人撞見。

——但這也沒辦法，何況也是我不好。

我做好覺悟之後，向她深深低下頭。勾在耳後的頭髮鬆了開來，髮尾大幅接近了地面。

「我想向妳道歉。對不起。明明就不知道『原委』，卻還自以為是地對妳說了很多。」

頭上傳來了禮奈微微倒抽了一口氣的動靜。

我那次真的對禮奈擺出了很高壓的態度。

之所以會用那種態度對待禮奈，是為了那傢伙……當時我是如此深信不疑。那傢伙對於我的行動應該也是採取了一樣的解讀，所以才會幾乎沒有對我的用字遣詞有什麼意見。

但是，現在想想應該並非如此。

我想必只是對於禮奈曾相伴那傢伙身邊這個事實，還有儘管有過這樣的事實卻還是很乾脆地分手這件事，厭惡到難以忍受的程度而已。

我生氣的原因並不是自己的——摯友因她而受苦。只是我覺得討厭而已，只是基於這樣自我中心的想法而已。對此產生了自覺之後，又得知那次劈腿幾乎可說是冤枉的，我就沒辦法在不道歉的狀況下，任憑這件事過去。

幾秒鐘的沉默之後，禮奈沉穩的聲音從上方傳來。

「不要為了讓自己好過一些而道歉。」

「咦？」

我不禁抬起頭來。禮奈用僵硬的表情垂頭看著我。

「彩華。妳這是為了什麼而道歉？這是為了我道歉嗎？絕對不是吧。」

忍不住想反駁的我張開了口。但是，我說不出話來。

因為禮奈的這番話，就像是看透了我剛才的那番想法。

「我知道悠太跟妳特別要好。我還在跟他交往的時候，也想盡可能尊重你們之間的關係。」

禮奈這麼脫口而出，就像是要傾吐出堆積已久的情緒般，接著說了下去。

「但是——但是，說真的，我也不想說這種話，而且也很難堪。但那時我還是希望妳能顧慮一下。」

這番話讓我垂下了視線。若要說對於至今的行動完全沒有感受到罪惡感就是騙人的。但是，我不認為自己有必要為了禮奈行動也是事實。當時我自認沒有跨越以一般常識來說最低限度的界線。

「……那傢伙跟妳交往的時候，我有盡量不跟他單獨出去。」

「這樣啊……嗯，既然妳都這樣說了，想必就是這樣吧。我也覺得這是悠太在講到妳的時候，少數的例子之一。」

禮奈這麼說完，就往校門附近的長椅走了過去。我也在距離她身後三步的地方跟了過去，並在禮奈旁邊坐下。

「抱歉。我剛才把氣出在妳身上了。」

「……我就是做了即使被拿來出氣也沒辦法的事。」

「真是如此嗎？這應該是隨處可見的事吧？不過，沒想到自己會成為當事人就是了。」

禮奈這麼說著，垂下了眉毛。

幸好我們剛才在說那番對話時，連一個人影都沒有路過。一旦在我們在長椅上坐下之後，就有好幾個人來來往往，真是奇蹟。

這時路過這裡的一群男生在看向我們這邊之後，悄聲交談了起來。應該是看到我們兩個坐在一起，並沒有壓抑下某種情感吧。我還聽見「哪一個」這種隻字片語，不經意讓我察覺他們大致上的對話內容。

「男生啊，真的很可愛呢。」

突然聽見身旁的人這麼悄聲喃喃道，我覺得有點驚訝。

「咦，哪一點啊？」

我這麼一問，禮奈也眨了眨眼。

接著她微微歪過了頭，做出沉思的動作。

「哪一點……哪一點喔。嗯——雖然很難形容……但應該是單純的一面吧？」

「……如果妳是在看到剛才路過的那些人之後這麼想，那大概是誤會了喔。剛才那些男生應該是在聊『哪一個比較可愛』之類的話題吧。」

「就是這樣才可愛啊。像是在我們的視線範圍內聊著這種事情之類。」

「原來禮奈會這麼想啊。好厲害，我滿不喜歡被那樣打量。」

剛才那些男生的對話隨處可見。而且我還知道，那樣的對話有時會演變成陷害人的言詞。

高中時想陷害我的男生，榊下那群人，全都是比剛才經過的那些人再稍微扭曲一點的人種。但是，他們並非一開始就是這樣的個性。我們之間毫無疑問地，有過一段心意互通的時光。那隨著時間的推移產生變化，而且大家都對此不甚自知。

所以，無論是誰——都有可能變成榊下那樣的人。

切身體會過這件事的我，沒辦法對剛才那些路過的人們產生好感。我很難打從心底相信男生。

當然，到了這個年紀，大家也都是成年人，是可以信任到一定程度。所以我才會投身於廣闊的交友圈之中，並打造出可以從各式各樣的事情中得到刺激的環境。

但是，我能打從心底信賴的異性，還是只有一個人而已。

就算置身四面楚歌的狀況，心還是會站在自己這邊。不只是在內心這麼想而已，最後還會不顧自己累積起來的人際關係想來幫助我。

在差點跟著周遭隨波逐流的時候回到我身邊，讓我更加信賴他了。國中時代、高中時代。我身邊總是伴隨著背叛與被人背叛，真的是個相當痛苦的環境。在那樣的時期想找到值得信賴的人共處久一點的心情，難道是不對的嗎？

——但是，這個想法正是以自我為中心吧。

其實我也很明白。

站在禮奈的立場思考，我們有過怎樣的過去根本無所謂。難以面對的就只有自己的男朋友對其他女人抱持格外的好感這個事實而已。

明知如此還是無法積極減少跟那傢伙在日常上接觸的時間點，就代表我也是扭曲到無可救藥的程度。

「……雖然只是個大概，但我知道妳跟悠太變成朋友的理由。但當時的我並沒有成熟到有辦法顧慮這一點。無論如何，我都還是會感到嫉妒。」

禮奈語氣平靜地說：

「悠太他啊，現在有個非常要好的學妹。大概是在異性之中，目前最要好的一個人。」

我馬上就知道她指的是志乃原了。現在跟那傢伙最親密的異性。

但禮奈並不知道我認識志乃原。

為了不打斷她的話，我姑且說著「是喔」帶過去。

「我呢，拜託悠太跟那個女生試著交往一次。」

感覺差點喘不過氣，我不禁咳了起來。

我前幾天才碰巧遇到志乃原。看到那傢伙的表情，我馬上就明白大概是因為某些緣故，他們兩人才會一起出遊。但原來那個原因竟然跟禮奈有關，而且那還真的是在約會，這兩點都帶給我滿大的衝擊。

「抱歉。對彩華來說，應該很不喜歡這樣吧。」

「不會啊——我沒有權利束縛那傢伙。」

沒錯，我完全沒有束縛那傢伙的權利。所以打從一開始我就沒想過這種事。

禮奈看著我的反應只是稍微瞇起了眼，但她沒有對此提及什麼，並撇開了視線。

禮奈的視線前方，是一整排經過修整的樹木，不過現在終究沒有心情去欣賞那片景觀。

「但我覺得這麼做好像失敗了。」

「咦？」

我這麼反問，禮奈便撩起頭髮。我至今從未見識過這般高雅的動作，不禁在奇怪的地方感受到女大學生特有的魅力。

「我啊。原本是想，要是悠太跟其他女生交往了之後——會不會再回到我身邊。我是在網路上查到的，在跟其他女生交往的時候，最容易回想起前女友了。如果是曾跟前女友一起去過的場所，又會帶來更大效果的樣子。」

禮奈一邊用手拍掉自己鞋子上沾到的髒汙，一邊用讓人覺得似乎有些自嘲的語氣繼續說道：

「要約會的話，悠太一定會選曾經跟我去過的地方。因為他幾乎網羅了這附近的約會景點。」

就算已經看不出哪裡還有髒汙，禮奈依然持續拍著鞋子，我不禁咬緊下唇。

禮奈是真的很喜歡那傢伙啊。

但我卻將那段時間……

「不過，我誤會了。悠太這個人看起來好像很冷漠，其實很注重人情——但看起來似乎如此，其實也有著冷漠的一面。我想必是很難再讓悠太動心了。」

即使那傢伙跟我說了他和禮奈之間的狀況，我直到今天也都沒有特別受到罪惡感折磨。

再怎麼後悔也於事無補吧。至少我有因為他交了女朋友而多加顧慮，只要守住最低限度的界線，剩下的事情就算以自己為優先也沒關係。我曾是這麼想的。

但是——但是……

當我此時這麼貼近禮奈的感受，卻還沒有任何作為的話……無論如何都讓我覺得很煎熬。

沒想到我心中還留有這樣替人著想的念頭。

「如果……我說我可以協助妳呢？」

回過神來，我下意識地說出口。

禮奈感到驚訝地睜大了眼睛。

這是最低限度的補償。如果是我，就可以好好誘導那傢伙的心。

「……我沒辦法拜託一個會露出那種表情的人啦。」

聽到這句話的瞬間，我不知道自己臉上是什麼樣的表情，於是反射性地用手摀住臉。

我不知道這是為什麼。

我感受到有股熱意湧上了眼角。

「沒想到妳也有脆弱的一面呢。」

禮奈說著「總覺得反而鬆了一口氣呢」，這道柔和的嗓音傳進我耳中。

足以觸動脆弱的人的那種包容力。

——那傢伙跟一個很棒的女朋友交往過呢。

笑容和眼淚便在同時滿溢了出來。

終章

「悠太，體驗交往的一星期，你覺得怎麼樣？」

在大學的課結束之後的回家路上。我跟禮奈一起踏上歸途。

我的背後沐浴著夕陽，一邊回想起上星期的事。

「一天就結束了，所以現在我們就跟平常一樣。」

我這麼回答她的問題之後，禮奈「咦！」地發出了驚呼。

對禮奈來說，這似乎是個出乎意料的回答。

「已、已經結束了嗎？」

「對啊，實在很短暫。」

「……我還以為會花上一星期左右。難道你跟真由吵架了嗎？」

「沒有吵架啦。單純是那傢伙一天內就滿足了很多事情吧。」

我這麼回答，禮奈像是躊躇地歪過了頭。

體驗交往之所以會一天就結束，是因為一天內就達成志乃原的目的了。她是為了確認在意的事情才會跟我體驗交往，而那件事當天就解決了。

體驗交往那天，是個很符合志乃原的風格，也體現她行動力的一天。

「滿足……是吧。這樣啊。」

「我可不想被妳誤會所以姑且說一聲，我沒有對她做任何事喔。」

我這麼一說，禮奈的步伐突然就慢了下來。

我只好配合她的速度，結果禮奈在注視著我一陣子之後，就撇開了臉。

「我又不是在擔心這一點。」

「是喔。那就好。」

要是她誤會了並跟那月說的話，我說不定又要被一番伶俐的話砲轟了。那月的那些話基本上都是有建設性的內容，因此偶爾一次是很令人感激，但說真的還是想盡量避免演變成那樣的事態。任誰都不想到了這個年紀還被人罵。

「抱歉，因為我的任性，你才會跟人體驗交往。」

「沒差啦，而且也跟平常沒什麼兩樣啊。」

「我還有一件事要向你道歉。這件事我跟彩華說了。」

一瞬間不知道禮奈這句話的意思，正要向前踏步的腳就這麼停了下來。

當我的腳緩緩踩上地面之後，這才總算搞懂了。

「體驗交往的事情也是，不過妳跟彩華見面了啊？」

「嗯……她來向我道歉。說是之前遇到我的時候，對我說了自以為是的話。」

「這樣啊——確實很像那傢伙會做的事。」

季節到了櫻花開始凋謝的時候，彩華曾在電話的另一頭說過「得向她道歉才行呢」。當時我是打算跟她一起去道歉的，看來彩華選擇了自己跟禮奈見面。

「彩華她啊，應該比悠太所想的還更有責任感。雖然她在你面前應該還是表現得跟平常沒兩樣就是了。」

「咦？」

「……我不會再說第二次了。我可不想雪中送炭。」

「呃，抱歉，但妳剛剛說的我全都有聽到。」

「那你為什麼還反問嘛。」

禮奈以鄙視的眼神抬頭看了過來。

從她平常沉穩冷靜的模樣很難想像她會露出這樣的表情，但我知道她這一面。實在太久沒見到了，甚至讓我產生懷念的心情。

「我先澄清，是我不好喔。那傢伙當時基本上都不想跟我單獨出去玩。」

禮奈眨了眨眼之後，垂下頭去。

接著，她將眼下的小石頭用腳尖踢到道路一旁。

「……這樣啊。果真如此。」

在她柔和的語氣背後，似乎還混進了某種其他情感。

但我的本能告訴我，還是不要對此追究深思太多比較好。

「那我接下來要去打工了。」

「喔。加油喔。」

「謝謝。」

禮奈笑了笑，就走過了斑馬線。當她走到人行道之後，便轉身再次看過來，並微微朝我揮了揮手。

我也舉起手回應她之後，禮奈這次便繼續往車站的方向走去。

目送了染成一片橙黃的背影之後，我無意間環視了這附近。

這麼說來，那時禮奈跟別的男人一起走過的地方，也正是這條路。

直到幾個星期之前，我都以為再也沒機會跟禮奈說上話了。沒想到在這麼短的時間內，跟我親近的人際關係又產生了這樣的變化。

明明也不是換班級，人際關係竟也會這麼頻繁地改變。這或許就是跟異性之間人際關係的特徵吧。

我對想著這種事的自己感到驚訝，並輕輕踢遠了路上的小石頭。看樣子是受到志乃原的戀愛話題所影響。

當我看見自己家的時候，不禁揚起了嘴角。會不斷產生變化這點，既是人際關係的難處，同時也是魅力。

——而且，沒有改變的事物也別有一番魅力。

只見那個小惡魔學妹站在老舊公寓的二樓走廊正朝我揮著手。

「學長——！你忘記給我鑰匙囉，害我等了五分鐘耶！」

「根本沒等多久好嗎。而且不要說得好像我平常都會給妳鑰匙一樣！」

我一邊從口袋裡拿出鑰匙包，踩著發出吱嘎聲的樓梯，一階一階往上走去。

手中拿著雪豹鑰匙圈，我一如往常地開門。

灑在背後的夕陽熱度，感覺完全沒有一絲減退。

一邊想著梅雨季會不會其實已經快要來臨，我一腳踏入了自己家裡。

身後一如往常地帶著真由。

櫻花的氣味，早就已經退去了。

後記

非常感謝大家也購買了這一集。我是御宮ゆう。

還能跟各位讀者像這樣打招呼，真的令我感到非常開心。

《小惡魔學妹》系列至此已經出到第四集，而且自從動筆寫第一集時腦中所描繪的構想，也都順利地一個個寫出來了。在寫下這篇後記的現在，是本系列作第五次的再版，甚至還決定要改編漫畫了。我每一天都很感謝各位溫暖的支持。

那麼，大家覺得第四集怎麼樣呢？到了第四集，各位是不是在心中都已經確立了喜歡的女角及配角等等呢？我知道在主要女角有三個人的本作當中，讀者們心裡會出現一個最喜歡的角色，但從筆者收到的感想看來，三人受歡迎的程度感覺不相上下。我替主要女角們各自準備了許多插曲，不過總算可以讓各位看到真由的過去了。希望大家看了還覺得喜歡。

若是能如願出版第五集，我想寫個醞釀至今的大型劇情。

接下來是謝辭。

K責編。這次也讓我真的很自在地寫了下去。而且在跟責編商量劇情內容時，會想到新的描寫方式等等，讓我切身體會到跟責編之間的溝通有多麼重要。往後也請多多指教了。

負責插畫的えーる老師。每當收到老師美麗的插圖時，我都覺得開心不已。這是讓我覺得寫輕小說真是太好了的瞬間之一。插圖也都得到讀者們的熱烈好評喔。

校閱負責人。這個系列作品也已經出到第四集，真的每次都幫了我大忙。在各方面每一個指摘出的地方，真的都令我感激不已。

行銷宣傳負責人。平常總是為了炒熱本系列作而絞盡腦汁，真的相當可靠。據說負責人曾在西宮住過一段時間。我的故鄉就在西宮，因此擅自產生了一種親近感。

最後是各位讀者。《小惡魔學妹》系列之所以能夠再版及改編漫畫版等等，都是多虧有大家的支持。靠大家傳開的許多口碑，都成了《小惡魔學妹》新發展的一大助力。

為了能夠發行第五集，往後也請各位多多指教及支持了。像是感想跟推文之類的口碑，一定會讓本系列作更加有熱度！

第四集也在特定通路準備了數量限定的加筆短篇，因此有興趣的讀者請務必捧場（註：此指日本發售當時的狀況）。

那麼，就先在此道別，並為得以寫下第四次後記獻上我最大的感謝。

御宮ゆう

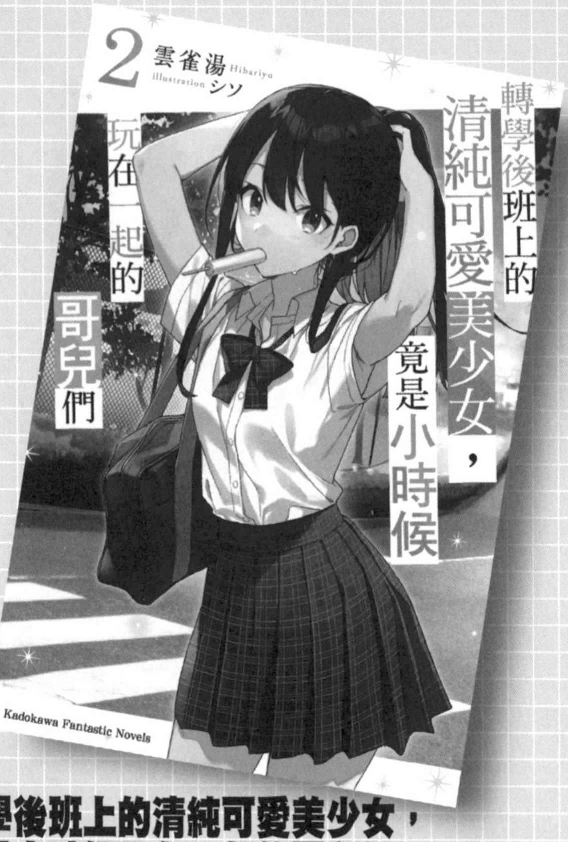

轉學後班上的清純可愛美少女，竟是小時候玩在一起的哥兒們 1~2 待續

作者：雲雀湯　插畫：シソ

無法滿足於哥兒們和兒時玩伴的身分，
想和對方靠得更近——

　　春希變得比以往容易親近，人氣指數直線上升；隼人也結交了男性朋友，因此兩人共度午休的機會越來越少。春希看到隼人和未萌無話不談的模樣，一股既似焦躁又像占有欲的情感在心中油然而生……春心蕩漾的青春戀愛喜劇，第二彈！

各 **NT$220/HK$73**

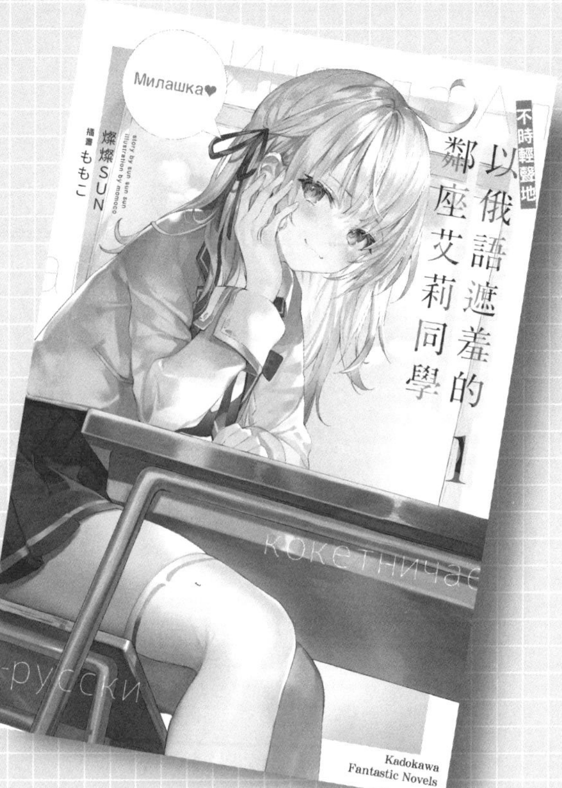

不時輕聲地以俄語遮羞的鄰座艾莉同學 1 待續

作者：燦燦SUN　插畫：ももこ

嬌羞美少女以俄語傳情
異國風校園戀愛喜劇登場！

「И наменятоже обрати внимание.」我隔壁的絕世美少女艾莉剛才說的俄語是「理我一下啦」！其實我的俄語聽力達母語水準。毫不知情的她今天也以甜蜜的俄語遮羞？全校學生心目中的女神，才貌雙全俄羅斯美少女和我的青春戀愛喜劇！

NT$200/HK$67

國家圖書館出版品預行編目資料

小惡魔學妹纏上了被女友劈腿的我/御宮ゆう作 ；
黛西譯. -- 初版. -- 臺北市：臺灣角川股份有限公司
, 2022.05-
　冊；　公分. -- (Kadokawa fantastic novels)
譯自：カノジョに浮気されていた俺が、小悪魔な
後輩に懐かれています
ISBN 978-626-321-430-9(第4冊：平裝)

861.57　　111003457

Kadokawa Fantastic Novels

小惡魔學妹纏上了被女友劈腿的我 4

（原著名：カノジョに浮気されていた俺が、小悪魔な後輩に懐かれています4）

2022年5月12日　初版第1刷發行
2023年8月10日　初版第2刷發行

作　者：御宮ゆう
插　畫：えーる
譯　者：黛西

發行人：岩崎剛人
總編輯：蔡佩芬
副主編：楊鎮遠
美術設計：黃永漢
印　務：李明修（主任）、張加恩（主任）、張凱棋

發行所：台灣角川股份有限公司
地　址：104台北市中山區松江路223號3樓
電　話：（02）2515-3000
傳　真：（02）2515-0033
網　址：www.kadokawa.com.tw
劃撥帳戶：台灣角川股份有限公司
劃撥帳號：19487412
法律顧問：有澤法律事務所
製　版：巨茂科技印刷有限公司
ISBN：978-626-321-430-9